講談社文庫

大江戸ミッション・インポッシブル

顔役を消せ

山田正紀

講談社

目次

OEDO
MISSION IMPOSSIBLE

大江戸
ミッション・インポッシブル
顔役を消せ

第一話　花魁の指輪

一

朝からの雪もよい……

すでに十一月もなかばを過ぎているのだから、それもふしぎはないのだが、今日のお江戸はことのほか冷え込みがきつい。

容赦なく筑波（つくば）おろしが吹き荒れて、大川の水もすでに凍ったところがあるとかないとか。

「悪いものが降ってきそうだね」

挨拶がわり、人々は口々にそう言いかわしたのだったが、ふしぎにこれまで天気は崩れずに、どうにか夕方まで保（も）った。

しかし、陽が傾くにつれ、ますます寒さは厳しさを増し、消えずに溶け残る霜が、見るからに寒々しい。

とりわけ、ここ、小伝馬町の牢屋敷は、人の世の悲しみ、恨みが、寒さの裏に丹念にあやなされ、どこもかしこも恐ろしいほどにしんと冷え込んでいる。

ただ、同じ牢屋敷内にあって、四百人からの囚人たちの胃袋をまかなう厨房だけは、竈の火が盛大に燃え、他所の寒さがまるで嘘のように暖かい。

あと半刻（一時間）ほどに迫った夕食の支度に十人ほどの女たちがてんてこ舞いの忙しさに追われている。

「飯が炊けたよ」

女たちの一人、女中頭のおまさが陽気に声を張り上げた。

三十がらみ、美人というにはほど遠いが、その明るい表情がいきいきと魅力的だ。

「おひつに移しとくれ」

「あい、あい」

女たちはいずれも姉さんかぶりに、襷がけ、揃いの赤い前掛けが見るからにかいがいしく、艶やかでもある。

そんななかにあって、むさ苦しいといおうか、薄汚いといおうか、褌、素肌に、腰切り半纏。髭だらけ、胸毛まみれ、六尺豊か（百八十センチあまり）な大男が、

「へえーい」

とこれもまたむさ苦しい声をあげると、のっそり台所から土間に動いた。

へっついの上で湯気をたてている飯の大釜に近づいていく。

「あ、丑さん、おまえ、なにをする」

「お待ちよ、お待ちったら、いま、みんなで手伝うからさ」

「あれ、誰かこの人を止めて、火傷しちゃうよ、火傷しちゃう」

女たちが悲鳴のようにてんでに声を張りあげた。

それというのも、その丑と呼ばれた男が、素手の、素肌で、大釜を両手でかき抱き、竈から下ろそうとしたからで、

「この人、バカ、バカ」

「ああ、やめて、とめて」

「とめて、やめて」

女たちが口々に悲鳴をあげるなか、しかし丑は大釜をいとも軽々とかかえ上げた。

そのまま台所に上がり、のそのそとおひつの並んでいるところまで運んでいき、それを敷き布のうえに静かに置いた。

「あら？」

「まあ！」

「素敵」

女たちの悲鳴が感嘆の声に変わった。

それというのも、これまでその大釜を運ぶのには、取っ手に棒を差し込んで、女たちが先棒二人、後棒ふたり、四人がかりの重労働だったからなのだ。

それをこの丑さんはいとも楽々と一人でやってのけた。

大釜を置いて、周囲を見まわす顔はあいかわらず冴えないが、なに、男は顔じゃない、これだけ力があれば醜男（ぶおとこ）のぶんをさっぴいても十分にお釣りが来ようというもので、

——こいつは、あんがいに拾い物だったかもしれないねえ。

おまさは内心、得意になった。

それというのも、この丑という男は、どうしたって厨房の力仕事には男手がいる、というおまさのたっての願いから、ようやく奉行所が桂庵（けいあん）（斡旋所）を通じ、今日、送り込まれてきたばかりだからで——

もっとも最初に丑を見たときの印象は決してかんばしいものではなかった。

「お奉行所も人を見る目がない。とんだ田舎者（むくどり）じゃないか。もう少し気の利いたぶっはいなかったものか」

とおまさの、まずは妹ぶんといったところのおきくが——これは一見、おとなしやかな、おちょぼ口、しかし内実はぜんぜんおとなしくない、ちょっとした美人の中（ちゅう）年

増――がさっそく陰口をたたいたほどだった。

そのときには、おまさも、むくどりどころか、と鼻で笑って、とらえどころ
「まるで暗闇の牛さね。いるんだかいないんだか――こうヌッとして、とらえどころがなくて、そのくせムダに大きくてさ」

「違えねえ、箱根の足柄山からでも連れてきたか」

「あんな薄汚い金太郎はいないさね。それとも時代が下って、金太郎さんもずいぶんと品下がったか」

江戸の女たちは総じて口が悪い。

とりわけ、この牢屋敷の奥向きは、いったん火事、破牢ということにでもなれば、火付け、盗賊、強請、たかり、強姦の常習者たちがわらわら解き放たれる。

そうなれば、ここの女たちは、それこそ包丁、すりこぎを振りかざし、わが身を守らなければならない。まずは踏み板一枚下は地獄といったところで、

――お上品な口なんかきいてられるものか。

なのである。

その筆頭たる、誰よりも口は悪いが、しかし誰よりも頼りになるおまさが、

「おまえ、大丈夫なのかえ、火傷はしなかったかえ」

「何でもねえ、大丈夫だ」

丑は土間に戻ると、薪の山のまえに腰をおろし、しんねりむっつり、鉈をふるって、薪をつくり始めた。

おきくが声をかけてきた。

「さすがにうわばみのおまささん、思いのほかの拾い物だったねえ」

「誰がうわばみだい、人聞きの悪いことをお言いでないよ」

まずはそう一喝しておいて、

「そうだねぇ、まあ、あれなら男のうちに入れてやってもいいかね」

おまさはチラリと後ろを振り返り、

「それに比べて、あいつはねぇ、うちの男ときたら」

「どうしてあんなに出来が悪いのか」

おきくはクスリと笑った。

その、うちの男なる者は竈のまえにうずくまり、しきりに火吹き竹を吹きながら、松葉に火を熾すのに余念がない。

着流しの裾を尻端折りにし、帯はだらしなく尻さがりに結び、空ずねをむき出しにしているその男の名は、

——川瀬若菜。

という。

おきくが言ったとおり、とびきり出来は悪いが、これでも南町奉行所のれっきとした同心なのである。

二

ありていにいって南町奉行所のやっかい者で、年番方、当番方、定橋掛、どこにいってもまともに勤まらず、落ち葉がドブに吹き寄せられるように牢屋見廻りまで落ちてきた。

牢屋見廻りは、まず奉行所ではどん詰まり、最底辺の役職で、どんなに無能で、やる気のない人間でも、さすがにここまで落ちるとハッと目を覚まし、

──これではいけない。

何とかここから脱出しようとあがきにあがき抜くのが通例なのだが、どうもこの若菜にだけはそんな常識が当てはまらないらしい。

牢屋見廻りから抜けだそうとするどころか、厨房に入り浸り、いつも竈のまえにへばりついていることから、いつしかついた職名が、

──竈番方同心かわせみ若菜。

このかわせみという二つ名にも注釈の必要があるだろう。

以前、若菜が定橋掛に勤めていたころ、同僚と二人、八丁堀川にさしかかり、

「やあ、かわせみがいる」

その同僚がそう声をあげると、

「ほう、川にも蟬がいるのですか。川の蟬はどんな声で鳴くのですかな」

本気なのか、それとも冗談のつもりなのか、そんなトボけたセリフを洩らしたのだとか――

以来、かわせみのあだ名がつき、それからというもの、奉行所の誰も川瀬若菜などという本名で呼ぼうとはしない。

誰もかれもが、かわせみ、かわせみ、と呼び、あろうことか最近では、厨房の女たちまでもが、かわせみさん、の名で呼ぶようになった。

しかし、若菜はそのことがいっこうに苦にならないようで、どんなにまわりから軽くあしらわれても、しごくノンキに、ひょっとこ面で、フー、フー、火吹き竹を吹きながら、毎日を過ごしている。

ところが、

「川瀬さん――」

この日はどういう風の吹き回しか、厨房に入ってきた誰かが、尋常に若菜に声をかけてきた。

「はぁ？」

そのことにかえっておどろかされたのか、若菜は素っ頓狂な声を張り上げると、振り返った。

厨房の入り口に立っているのは、

──椹木采女。

という同心で、牢屋見廻り方の頭、若菜にとっては上司に当たる四十男で、温厚、篤実、若菜にかぎらず、部下の誰に対しても丁重な物腰を崩そうとはしない。

たまに、この人のことを知らずに、つい軽んじるような態度を取る者がいるが、じつは椹木は以前は隠密廻りの腕っこき、捕り物名人とうたわれた人材で、決して侮っていいような人物ではない。

いまはこうして牢屋見廻りにくすぶっているが、それも何かしくじりがあってのことではなしに、たんに体を毀しての休養がてらのことで、またすぐに隠密廻りに戻る手筈になっているのだという。

「ああ、これは椹木様──」

若菜はおどろいて立ち上がり、自分が火吹き竹を持ったままなのに気づいて、それをどうしたらいいのかわからずに持てあまし、うろうろと手を振った。

「かわせみさん、裾、裾──」

女たちの一人が急いで後ろから尻端折りの裾を下ろしてやる。

「帯、帯――」

もう一人が、やはり後ろから帯をしめなおしてやる。

厨房の女たちは、若菜のことを軽んじながらも、妙に彼の世話を焼きたがる。

出来の悪い子供ほどかわいいという心境からだろうか？……女たちにもどうして自分たちがこんなに若菜の世話を焼きたくなるのかよくわからないところがあるらしい。

そんな様子を槵木は温容をたたえながら見ていたのだが、

「この時刻に申し訳ないのですが」

と穏やかに言った。

「これから東井様のもとにおいでいただけないでしょうか。東井様のお呼びです」

「東井様？」

「吟味方筆頭与力の東井庄左衛門様です」

一瞬、しんと静まって――

すぐにお湯が煮えかえるような騒ぎが湧き起こった。

「東井様が、まあ、東井様が――」

「吟味方筆頭与力様！」

「ご出世だ、これはご出世だよ、きっと。かわせみさん」

「誰か、羽織を持っといで——どこか、そこらにかかってたはずだから」

おまさが号令する。

「かわせみさん、まあ、あんた、お腰のものはどこにあるんですか。いやだ、この人、刀を探してるよ。お侍が刀をどこに置いたかわからないなんて、そんなちょぼ一があるもんか」

手取り、足取り、女たちが動きまわって、どうにか体裁を整え、

「いってらっしゃい」

「がんばって」

「お行儀よくするんだよ」

女たちの歓呼の声に送られながら、若菜は厨房を出ていこうとした。

そんな若菜のもとに——

何の弾みか、丑が振り下ろした鉈の下から、薪が一本、ぴゅっ、と飛んでいった。

「あ……」

女たちが声をあげるのと、それを若菜が、はっし、と片手取りに受けとめるのが同時だった。

若菜は苦笑まじり、何事もなかったように、薪をヒョイと投げ返すと、

「気をつけないじゃいけねえぜ」

「へえーい」

「あまりにイタズラが過ぎらあな」

「へえーい」

丑は若菜を見やろうともしない。鉈を単調に振るいつづけている。

「ほう、これはこれは」

椹木があいかわらずの微笑をゆったりとたたえながら、

「お見事、なかなかもってのお腕前」

「とんでもない。わたしに何の腕前などあるものですか」

若菜は頭を掻(か)いて、

「たまたま手をあげたら、運よくすっぽりおさまってくれただけのことで――うけあい、まぐれですよ」

「ご謙遜(けんそん)を」

「いえいえ、どうかそこまでに願います。まぐれをそうまで誉められたのでは、かえって恥じ入ります。穴があったら入りたくなるほどで」

「そうですか、うふ、ふふふ、それじゃ、せっかくのことに、そういうことにしておきましょう」

一瞬、若菜の目が鋭さを増し、樋木を射るように見つめたが、樋木の表情は笑いを含んだままに変わらない。

すぐに若菜はいつものとぼけた表情に戻り、

「お待たせしました、参りましょうか」

「さようですな、東井様もさぞかしお待ちかねのことでしょう」

厨房を出ていく二人の背後から、

「気をつけなよ、このドジ」

と丑を頭ごなしに叱りつけるおきくの声が聞こえてきた。

「へえーい」

「人に当たりでもしたらどうするんだい」

「へえーい」

「危ないじゃないか」

「へえーい」

三

翌日の午後――

川瀬若菜の姿は、およそこの若者には似つかわしからぬところにあった。

吉原・大門から入って、仲の町を横切る三本の表通り、その二本目の角に「角海老」という遊女屋の「大見世」がある。

若菜の姿はその奥座敷にあったのだ。

「角海老」は、数ある「大見世」のなかでもとりわけ格式が高いことで知られ、もとより貧乏同心ごときが足を踏み入れられるようなところではないはずなのだが。

事実、案内を乞うてすぐに、奥に通されたわけではない。

遣り手婆ぁ——婆ぁと呼ぶのは吉原の慣例にすぎず、実際にはまだ四十がらみの若さであるのだが——に行く手を阻まれた。

見るからに因業そうな婆ぁではある。

どこで聞いたのか覚えていないが、名前をたつというらしい。

「お奉行所の御用の筋だか何だかは存知あげませんがね。こちらにはこちらの事情があるんだ。言われるままに、はい、そうですか、とお通しするわけにはいきませんよ」

「まあ、そう言わずに、さ——これは少ないけど、ほんの心づけだ。花紙を買う足しにでもしてくれないか」

それでも若菜としては、できるかぎりの愛嬌をふりまいて、どうにか奥に通してもらうのに成功した。
奥の座敷は障子が開け放たれ、小庭に咲きほこる寒梅を観ることができるようにな
っている。
——やれやれ、だ。
そのために座敷には、ときおり、冷たい風が吹き込んだ。
その小座敷で、小さな手あぶりを間に挟み、若い女と向かいあう。
寒梅も見事だが、その花をあわあわと陽に透かし、ほのかに桃色に浮かびあがって
いる女の容姿はそれよりさらに見事だ。
彼女が座敷に入ってきたときには、若菜はポカンと口を開け、
——これは同じ女でも台所のもんがあたちとはだいぶ違うな。
恩知らずにも、そんなけしからぬ感想を抱いたものだ。
それも無理からぬ話で——
この女性は「角海老」の花魁で、名は姫雪太夫、遊女番付でも一、二を争って、三
とは下らぬ人気者、その美しさはまさに折り紙つきといっていい。
ただし、姫雪はかなりやつれ、その表情にも何か一途に思いつめたところが見られ
たのだが、それもその美貌を損なうところまではいっていない。
ここに来るまえは、いかに花魁が美しかろうと、

――吉原特有の「ありんす」言葉を浴びせられたのではたまらないな。

とそのことを心配していたのだが、そしてたしかに皮切りに、

「まずは一服、お吸いなまし」

金無垢地に、海老の紋を散らした、素敵に上等な煙管に火をつけ、それを差し出されたのには、ちょっとおどろかされた。

大見世の花魁との初会に、花魁から吸いつけの煙管を差し出される、というのは聞いたことはあるが、まさか聞き込みの同心までもがその恩恵にあずかれるとは、夢にも思っていなかった。

しかし、ここで怯んでいたのでは、南町奉行所に対して申し訳がない。ありがたく、一服つかまつることにした。

そのうえで姫雪太夫の話を聞いた。

「ぬしさんの名はロディ・ヘイドン、エゲレス国のお人でありんした」

のっけのありんす言葉にゾッとさせられることになったのだが、そのあとはそんなこともなく、ごく尋常な物言いに終始した。

思うに、「ありんす」言葉はあくまでも営業用ということらしい。

それでも、行ったり来たり、多分にまわりくどいところのある――しかもときおり涙の混じる――姫雪の話を、若菜なりに頭のなかで要約すると、こういうことにな

る。

――ロディ・ヘイドンは、先年、浦賀に来航した「ワージントウ号」という捕鯨船の船長で、ほかの何名かの船員とともに、水戸藩領常陸国の大津浜に上陸を許され、江戸に入った。幕府の重役に目通りを願ったが、なかなかその許可が得られぬまま待機しているうちに、吉原を来訪、姫雪太夫と馴染みを重ねた。二人はいつしか相思相愛の仲になり、ある日、ロディは姫雪に指輪をプレゼントした……

そこで若菜は言葉を挟んだ。

「わたしは不勉強でこれまで西洋の指輪なるものを見たことがない。指輪とはどのようなものですか」

「はい、肉厚の黄金の輪っかに台座のようなものがついていて、そこに宝玉が塡められています。ロディさんはトパーズと呼んでいました」

「ほう、トパーズ」

「はい……」

姫雪太夫の声が乱れた。ときおり袂で目を押さえながら、

「そうこうしているうちに、『ワージントウ号』は浦賀沖から退去を命ぜられ、ロディさんも江戸から去りました。何でもエゲレス国では、男から女に指輪を渡すのは、男が女を許嫁とさだめたあかしだそうです。わたしはどうせ遊女の身、かごの鳥

で、ぬしさんが異国の人であろうがなかろうが、もとより好きなお方と添いとげることなどできようはずがありません。すべてはあきらめるのほかはないのですが、それでもせめてものことにその指輪を心のよすが、身の頼りにして、大切にとっておいたのですが」

「それを盗まれてしまった？」

「はい」

「どんなふうに盗まれたのか、まるで心当たりがないというのはほんとうですか」

「はい。小袋に入れ、それを丈夫なヒモで首にかけ、襦袢（じゅばん）の下に入れておきました。お湯に入るときにも素肌から遠ざけたことはありません。なくなるはずがないのです。それなのに──」

「なくなってしまった？」

「はい」

「うむ」若菜はあごを撫（な）でると、「ちなみに太夫が最後に、たしかにご自分は指輪を身につけていらっしゃる、と確認なさったのはいつのことになりましょう」

「とあるご大藩（たいはん）の御殿医様とかのお座敷に出たときには、首にかかっていたのは覚えております」

「たしかに？」

「はい、間違いございません」

「その藩の名、御殿医のお名前は？」

「藩名はうかがってはおりません。御殿医のお名前は、相馬露斎様——ただし、このお名がご本名かどうかは請け合いかねます。おそらくは——」

「偽名でありましょうな。それで——いや、これはまことにお訊きしづらいことなのですが……」

「そのお方とは肌を重ねてはおりません。まだ初会でしたから……ですから、そのお方に指輪を見られるなどということはございませんでした。ましてや指輪を盗まれるなどあろうはずもございません」

姫雪はかすかに頬を赤らめながらも、きっぱり言い切った。そして、これはふいに魂の底から噴き上がってきた、とでもいうかのように身を震わせ、声を震わせながら、

「花魁、太夫、とおだてられてはいても、しょせんは売り物買い物、正味のところ、わたしを心の底から大切に愛おしんでくださる方など、これまでお一人もいらっしゃいませんでした。ただ、あのロディ・ヘイドンさんだけが、わたしを一人の女として大切に扱ってくださいました。ラヴ、という言葉を教えていただきました。こともあろうに、そのラヴしたお方からいただいた指輪をなくし、何でおめおめ、このまま生

きながらえることなどできましょう。これ、このとおり、後生ですから、どうか指輪を取り戻してください。お願い申します、お頼み申します」

両手をあわせ、拝み込む姫雪に、しかし冷たくそっぽを向きながら、若菜はとんでもないことを言い放った。

「太夫、これもまた言いづらいことだが——肌を見せちゃあくれませんか」

「え？　え？」

「もとより玉の肌を拝ませていただいて、当方の目がつぶれるのは覚悟のうえ——いえ、うえだけでいいんです。どうか、裸になってお貰い申しいただきたいんで」

風も吹かないのに、庭の寒梅から、はらはらと花が散り、座敷に舞い込んで、その花びらよりもさらに美しい姫雪太夫のうえに夢のように降りかかった……

四

姫雪太夫との話を終えて、若菜は一階奥の内所に案内された。

内所は、楼主の部屋で、台所や土間に筒抜けになっていて、さらには階段がすぐ近くにあるので、店に出入りする人たちすべてに目を光らせることができる。

「角海老」の主人の名は茂平、まだ若いのに、髪が真っ白になっていて、世間では

「灰かぐらの茂平」の通り名で知られている。でっぷり太っていて、物腰がゆったり穏やかで、吉原でももっぱら「結構人」で通っている。

その結構人の茂平が、袱紗に包んだ切り餅を畳のうえに滑らせ、

「奉行所のご同心様に、わざわざ足を運んでいただき、申し訳ございませんでした。これは些少ではございますが、どうか、お納めいただきとう存じます」

まずは五両というところか。

「おう、そうかい」若菜は肯くと、器用にそれを袂から懐に移し、悪びれもせずに、「頂戴いたす」また鷹揚に肯いた。

「はい、どうぞ、どうぞ――なにしろ南町のご同心に膝詰めで話を聞いていただいたのですからな。これで太夫も、うけあい納得することでしょう」

「さて、そいつはどうか――町の八卦見じゃあるめえし、顔を見あって、話を聞いただけじゃ、太夫もなかなか納得はするまいよ」

「なに、あとはお奉行所のほうでお取り調べを進めている。いずれ、しらちをつけて、指輪は戻ってくる……そう言い聞かせれば、太夫もそれで納得いたしましょう。花魁といったところで、しょせんは小娘、あなた様のまえですが、たわいもないものでございますよ」

「そういったものでもないだろう。なかなかにあの太夫を思い切らせるのはむずかしかろうよ——それでだ、きれいな太夫のために教えて貰いたいんだが、その、どこかの大藩の御殿医とかの、ほんとうの姓名、素性を聞かせちゃあくれねえか」

「はて、それをお聞きになられて、どうなさるおつもりで」

「寝ぼけちゃあいけねえ。誰に向かって口をきいてるんでえ、おれは南町奉行所の同心だぜ。もちろん御用、探索のために聞いているのさ」

茂平はそれを聞いて微笑した。

ちょっと首を傾げ、湯飲みを盆のうえに置き、あらためて若菜に向き直ると、

「どうも双方に誤解があるようですな。わたくしは東井庄左衛門様にはよくご説明申しあげたつもりでしたが」

「何の、誤解などあるもんか。筆頭与力どのはああした呑み込みのいいお方だ。あんたが内々にほのめかせた、誰か同心を花魁のもとによこし、適当に話だけを聞いて、あとはうっちゃっといて欲しい、という依頼をきちんとお聞き入れになられた。泣いてる赤子をあやすんじゃあ、あるめえし、茂平さん、おめえ、ずいぶん非情な真似をするじゃあねえか」

「ふふ、女郎屋の亭主に情を期待されても困ります。筋違いというものです」

「大きにそうかもしれねえ。ただな、東井様にしたところで、まともな同心にそんな

半チクなことは頼めやしねえ。同心にも意地があるからな。それで奉行所内でもお荷物の、意地だの、誇りだの、とっくの昔に質に流しちまったようなこのおれに、こうしてお鉢がまわってきたというわけさ」

「ところが、これが、恐れ入りやの鬼子母神（きしもじん）――あなた様は何と、お見かけによらず、こわもてのご同心だったという、そういう辻占（つじうら）でしょうかな」

「何とでも好きに考えるがいいや。おれはただ、その御殿医とかの名前、素性さえ教えてもらえれば、それでいいのさ」

「なるほど、これはとんだ神田の、東井様のお眼鏡違い、というところ」

「さあな、眼鏡違いかどうか――前口上はこれぐらいにして、そろそろ芝居に入ることにしようぜ。お客がお待ちかねだ。その御殿医とかの本名、素性を聞かせてもらいてえ」

「なぜに、それをお聞きになられる？」

「おいら、目の保養に太夫の肌を拝ませてもらったよ。よほど子細に目を凝らさなきゃわからねえが、うっすら胸もとに赤い筋が残っている。誰かが薄いカミソリで指輪の入った袋のヒモを切り取ったのさ。太夫は初会で肌をあわせなかった、とそう言ったが、なに、初会だろうが何だろうが、後ろから、脇の下の身八つ口から胸に手を滑らせるぐらいのことはするだろう。それができるのはその御殿医とかぐらいしかいねえのさ。それに」

「それに？」

「茂平さん、あんた、いやなことをなすったね」

「ほう、わたしが何をしましたかな」

「太夫の、乳の裏、客からは見えないところに火傷のあとが残っていた。ひどいことをしやがる。あんた、太夫の肌に煙管の火を押しつけなさったね」

「花魁だの、太夫だの、おだてあげればいい気になりやあがって、エゲレス野郎に貞操だてしたい、もう客を取るのはいやだ、と言いやがる。おれを何だと思いやがる。女郎ふぜいにいい気な風を吹かせて黙ってる『灰かぐら』のお兄いさんだとでも思ったか。身のほどを思い知らせてやったのさ。身の程知らずといえば……ああ、そうだ、川瀬様、あなた様はおカネをお納めになられたのではありませんか」

「ああ、突き返しちゃならねえ、と東井様から仰せつかっているからな。同心たちが、岡っ引き、下っ引き、小者たちにあてがっている小遣いは、すべて吉原から出ている。その吉原、大見世の株頭たるあんたのご機嫌を損じたんじゃ、奉行所のお役目がなりたたねえ、くれぐれもあんたにカネを突き返して、機嫌を損じるようなことはしちゃならねえ、とのきついお達しを受けているのさ」

「それじゃ、あなた――」

「あんたの言うことを聞けってか。間違えちゃいけねえ。あれはここまで足を運んだ駕籠代だ。ここまで来たのでちゃらさ。おいら、これから柳橋の『梅川』に出向いて、かくやの茶漬けを頼んで、心づけに三両がとこ置いてくるつもりだ。残りの二両は、そうさな、小伝馬町でおれの帰りを待っている女たち十人に、『梅川』で、折詰めでもあつらえさせ、届けさせようか、それで不浄のゼニはすべて使い果たす。ざまあみやがれ」

「それはまたお高い駕籠代で」

「ところで、御殿医の名前、素性だが」

「あいにく、わたしどもも存じ上げませんのでねえ」

「そうかい、そうかい――それじゃ仕方ねえやな。こちらで何とかしよう」

「ああ、それがよろしい。そうなさいまし――ところで、ご酒の用意がしてございます。とてものことに柳橋の『梅川』とまではいきませんが、仕出しの用意もしてございます。どうか、お召し上がりになられてお帰りください」

「やあ、そいつはやめておこう。なにしろ帰りが怖い」

「これはまた何をおっしゃいますことやら……」

「うふ、ふふ」

「えへ、へへへ……」

五

三十間堀を左に見、建ち並ぶ大名上屋敷を右に見ながら、若菜は八丁堀に向かう。もっとも八丁堀に向かうといっても若菜は組屋敷に住まっているわけではない。堅苦しい組屋敷住まいを嫌って、八丁堀から鉄砲洲にかかる稲荷橋のほど近く、豆腐屋の二階に間借りしている。

いつしか辻番の灯もとぎれ、右手につらなる築地塀、長屋門には月の光が冴えわたるばかり。

あれほど雪もよいの重苦しい日々がつづいたというのに、わざとのように雪が降らず、今夜は見事な月がかかった。

その月影を踏んで歩く若菜に、

「もし、そこのお方、八卦見の御用はいかがですか。黙ってすわればぴたりと当たる。家内安全、金運、失せ物、恋の行方——、手相、人相、いかようにも占ってさしあげましょうほどに」

若々しい女の声がかかり、ふとそちらを見やれば、海鼠塀の塀ぎわに一人の女がたたずんで、ぶら提灯を高くかかげている。

　提灯には、

　──四柱推命、断易、周易、手相、人相、九星気学。

　と書かれている。その字が火影にふらふら揺れた。

　火明かりに沈んで、その背後の人影はさだかではないが、どうやら紫縮緬の御高祖頭巾に顔を包んでいるらしい。若い、しなやかな体つきをしていた。

「そうだな、せっかくのことに占って貰うとするか」

　若菜は含み笑いをすると、提灯の明かりに顔を突き出し、

「息災だったか、おこう」

「あいかわらずさ、あたしの身に変わりはないけど、わか、どうもあんたのほうはよろしくないねえ」

「おっと、こいつはいけねえ、卦は凶と出たかえ」

「凶も凶──どうやら陸者が、あたしら川者をつけ狙いはじめているらしい」

「陸者が？　いまさら、なぜによ」

　若菜は眉をひそめた。思いもかけない話を聞いた。

「さあ、そいつはあたしにもわからない。ただ陸者は血まなこになって、わか、あんたの居場所を探しているらしい。せいぜい気をつけたがいいよ」

「ああ、そうしよう。奉行所のほうも何やらきな臭くなってきやがった。椹木采女と

いう切れ者同心が、どうやらおれのことを不審に思いはじめたらしい。頭は切れるし、腕も立つ。厄介な野郎さ」

「槇木采女……ふふ、二枚目の名前だねえ」

「何、そうでもねえ、見たところ、冴えねえ三十男だよ。名前負けさね」

「二枚目だろうが三枚目だろうが、かまうものかよ。何なら明日にも殺してあげようか。病死に見せかけて殺すのは造作もないことだ」

「さあ、そううまくいくものかどうか——下手に手出しをしようものなら、それこそ返り討ちにあいかねねえ。ああ見えて、あいつ、恐ろしい野郎だから……おこう、おい、おこう」

気がついたときにはもう目のまえに提灯の明かりはない。そこにあるのはただもう漆黒の暗闇ばかり……

おこうの姿もその闇に溶けたようにきれいに消えていた。

どうして、おこうがふいに立ち去ったのか、そのわけはあらためて問うまでもないことだった。

闇のなかにひたひたと複数の草鞋(わらじ)の音が地に吸い付くように聞こえてきたからだ——それらがしだいに周囲から取り囲むようにして近づいてきた。

彼らに姿を見られるのを嫌って、おこうは立ち去ったのにちがいない。

「おこう、最後に教えてくれ、こいつらは陸者か」

「にゃあ……」

「おっと違ったか――とすると、あれかな、灰かぐらの手の者か」

若菜はかすかに笑った。

ひとまずは相手が陸者でないことに安堵した。陸者の一党に襲われたのではなまじのことではこれを撃退できないからだ。これまでにも何人か、若菜の仲間の川者がそれで亡き者にされている。

男たちは四人、いずれも若く、細身の体にしなやかな筋肉をたくわえ、見るからに剽悍、凶暴そうだ。山犬に似ていた。

そろいの黒装束に、ぬすっと被り、ふところからこれも黒鞘の匕首を覗かせている。その柄に手をかけながら、じりじり迫ってきた。

「おいおい、血迷うのもたいがいにしねえか。灰かぐらの頭は大丈夫かよ。おいら、人ごとながら、心配になってきたぜ、なまじ奉行所の同心に手をかけようものなら、とてものことに無事には済まねえ。おいら、数にも入らねえ半端ものだが、それでも同心であることに変わりはねえ。仲間を殺されれば、南北二百四十人の同心が、それこそ疾風怒濤、草の根分けても下手人を捜し出すぜ。うけあい、おまえたち、翌月にゃ、獄門台のうえで首だけにさらされ、品川沖の白帆を眺めるはめになる」

若菜がぺらぺら油紙に火がついたようにまくしたてるのを、先頭に立つ男が鼻であざ笑い、

「品川沖の白帆なら、こちとら、いつだって品川宿の女郎屋から眺めていらあ。めずらしくもねえ——灰かぐらの親分を見損なうなよ。奉行所など鼻歌まじりにあしらうのがあの親分だ。おめえはその恐ろしいお方を怒らせた。無事に済むとは思うなよ。おい、おれらが怖いからといって、ピーチクパーチク、ムダ口をたたくんじゃねえ。スズメがお株をとられておかんむりだ、い、い、い——」

「そう聞こえたか。そいつは、はばかり様、おいらおめえたちが怖くて囀ったんじゃねえ。これまで時間を稼いだのさ」

「何?」

「ほれ、櫓の音が聞こえねえか。船の舳先が雁木に当たる音が聞こえねえかよ」

「何、なに……」

ふいに堀から飛び上がってきた黒い影が男たちの背後に迫った。水しぶきが光って散った。闇がまるで化け物のように一気に膨らんで巨漢の姿をとる。二人の男の首に背後から丸太のように太い腕をからみつかせ、おのれのもとにぐいと引き寄せる。

「げえ」

「うがっ」

　二人の男はもがいて苦しがったが、まるで万力にでも挟まれたかのように、丸太の腕は彼らの喉に深々と食い込んで、いっかな離れようとはしない。

　くしゃっ、と骨の砕ける音がしたのは、ついに一人の喉仏が潰されたのか。そのまま、その男はぐったり闇の底に沈んでいった。

「こなくそ！」

　もう一人がようやく匕首を抜いて、それを逆手に持ち、必死に背後の男に突き刺そうとした。

　が、刃はむなしく肌をかすめ、その男も喉仏を潰されると、あっさり死んでいった……。

「バカな野郎だ」

　と、丑は笑い、くいっ、と胸のまえをはだけて見せた。そこに鎖帷子が光っていた。

「刃物を持った野郎に素手で立ち向かうやつがいるものか。わしはこうして着込みをつけてるのさ」

　一瞬、恐ろしいような沈黙が、闇のなかにたちこめると、

「しゃあ！」

「くらえ」

残りの二人が匕首をかざして若菜に襲いかかってきた。

若菜の体が闇のなかに縮んでしなやかに伸びた。

その腰から刀が鞘走(さやばし)った。

速い。

かわせみが水面をかすめ飛ぶのに似ていた。

闇のなか、刀尖(とうせん)が光を集め、旋回し、ひるがえると、キラッ、キラッ、と二度、きらめいて――

一人の男の首筋を切り裂き、もう一人の男の後頭部を峰打ちにしたたかに叩いた。

「こいつがおれのかわせみだ……」

丑は気絶した男を肩にかつぎあげると、

「こいつをどうすべえ」

うっそりとそう尋ねた。

「殺すなよ。殺したんじゃ玉なしだ。そいつにはまだ使い道がある……」

第二話　殺しのかま、

一

小伝馬町牢屋敷の東二間牢に無宿者をひとり入れた。

かたどおり、

「——娑婆から越しやがった大まごつきめ、磔、そっ首を下げやぁがれ……」

と新入りのしゃくりが始まるのを背後に聞きながら、外に向かった。

すでに夕暮れで日が暗い。

ふと通廊の格子窓に目をやって、

——とうとう降ってきやがった。

灰色の空に白いものがちらついている。

見廻り詰所前に出たところで、

「やあ、川瀬さん、どうです、温まっていきませんか」

見れば、薪置き場のまえで、空き樽のうえに腰をかけ、椹木采女が焚き火に当たっているのだった。

――悪いやつに捕まった。

内心、舌打ちしたが、あの切れるうえにも切れる椹木が、何の下心もなしに、若菜に声をかけたりするはずがない。

――この際、椹木が何を考えているのか、それを探るのも悪くない。

そう思いなおし、椹木と並んで空き樽に腰を下ろす。

椹木はすかさず、

「どうです、これ――」

焚き火のなかから枝に突き刺した焼き芋を差し出した。

「めずらしくもなけりゃ、色気もないが、温かいのだけは、うけあい温かい。温石がわりに召しあがりませんか」

「いただきます」

川瀬若菜は芋を二つに割り、はふはふ、言いながら、食べる。

それを微笑みつつ見ながら、

「ところで最近、わたしは妙な話を某所で聞いたんですがね。あんまり妙な話で、どうも自分ひとりの腹におさめておけない。こうして焚き火に当たりながら、相手欲しや、でいたところです──どうです、話を聞いていただけましょうか」

「わたしは竈番方同心と呼ばれている男ですよ」

「それが何か？」

「いえ、そんな男が話し相手でかまわないのですか」

「なに、川瀬さんがいいんですよ」

その言葉には何か含みのようなものがあるのではないか？　一瞬、若菜は榿木の顔に視線を走らせたが、その表情にはことさら変わったようなところはなかった。気のせいだったろうか。

榿木は折れ枝で焚き火を突いた。火の粉が散るのを見やりながら、おもむろに話しはじめる。

「江戸市中には五人組の制度がある。この小伝馬町の牢内にだって、牢名主以下、十一名の牢内役人が牢を仕切っている。ことほど左様に、幕府のご方針は、みずからをもってみずからを見張り、取り締まるのをむねとしている。わたしが某所で聞いた話では、じつは盗人の世界にもそうした仕切りがあるというのです。ケチなこそ泥、ゴマのハエの話じゃない。わたしは、年に数度、必ず江戸で起こる大泥棒の話をしている。ここまでは、よろしいか」

「はい」

「考えてみれば、ふしぎな話です。江戸では、大木戸、木戸、自身番、番所……夜の取り締まりが隅から隅まで行き届いていて、刻限を過ぎて木戸を通る者は、拍子木から拍子木で、順に町内送りにされる。ふつうに考えれば、盗人騒ぎなど起きようはずがないのに……ふしぎに内福な商家の倉ぐるみ、ごっそり奪い去っていくような大盗があとを絶たない。これはどうしてなのか？　ねえ、川瀬さんはどう思われますか」

「さあ……」

「おわかりにならない。そうですか……わたしが聞いた話というのはね、じつは江戸開闢以来、盗人たちにも株の制度がある、というのです。はは、石川五右衛門ですよ。浜の真砂は尽きるとも世に盗人のタネは尽きまじ……どうせ盗人が尽きないものなら、ある程度、お上の目が届くようにしたほうがいい。いわば盗人の寄合（組合）です」

「盗人の寄合……」

「この寄合に入った者は、それぞれに芸を磨き、泥棒のわざを磨いた。言ってみれば、元亀、天正、戦国の昔に跳梁跋扈した忍術遣いのようなものなんでしょう。ところで、この泥棒寄合にも二種類あるということでしてね。陸衆と、川衆です。忍術遣いの伊賀と甲賀のようなものでしょうかねえ。陸衆は陸の泥棒――木戸や、自身番をすり抜けて、夜の町を跳梁跋扈するわざを磨いた。川衆は川の泥棒――江戸の町にあまねく、隅々まで張り巡らされた川、堀を行き来し、すばやく仕事をするわざを磨いた」

「…………」

「この二派が、それぞれに棲み分ければいいようなものを、何かというと昔からいがみあう。争いのタネが尽きなかったらしい。それでもここ二十年ばかり、たがいに没交渉となり、争うようなこともなかった、というのですが――いったい何が出来したのか、ここに来て、またぞろ急に陸衆が川衆を血まなこになって探し始めたというのですよ。それこそ皆殺しにしかねない勢いとかで――物騒な話じゃないですか。ねえ、川瀬さん、いったい、こいつらに何が起こった、というんでしょうかねえ。どう思われますか」

「さあ、わたしには何とも……そもそも盗人の寄合など、あまりに荒唐無稽で、わたしにはどうも、ほんとうのことには思えないのですが」

「そうですか。川瀬さんにかぎって、そんなはずはないと思うんだけどなあ」

「…………」

「あ、いや、そんな怖い顔で睨みつけないで下さい。どうも、わたしは幾つになっても、口のきき方を知らなくて困る。いつもうちの奥方に叱られるんですけどねえ。ええ、そうなんですよ」

槵木は苦笑を浮かべ、髷を掻いた。

その、いかにも人のよさそうな表情に、つい若菜が気を緩ませたところに、

「ところで川瀬さんは子供のころに神隠しに遭われたというが、それはほんとうのことですか」

いきなり、そう切り込んできた。

あまりの不意打ちに、若菜はとっさに動揺を隠すのが精一杯だった。

――やはり、この野郎は油断がならねえ。

その思いをいっそう強めた。

七化けのおこうの言葉を思い出さずにはいられない。

いみじくもおこうが言ったように、この槵木采女という男は、早いうちに始末したほうがいいのかもしれない。

しかし、この槵木という男は、どうにもヌラリクラリととらえどころがなくて、たやすく始末できるようなタマには思えない。よほど慎重にかまえないと、下手をすれば、逆に若菜のほうが墓穴を掘ることにもなりかねないだろう。それが怖い。

若菜は言葉を選びながら言う。

「はい、三年ほど……ただ子供のころのことで、わたしは何も覚えていないのです

よ。家族の話によれば、いきなりいなくなり、いきなり戻ってきた、ということなのですが」

「そうですか。まあ、神隠しというのはそういうものなんでしょうけどねえ」

椹木は木の枝を焚き火のなかに突っ込んで、芋を刺したが、ああ、まだこいつは生焼けだな、とそうつぶやいた。

そのつぶやきのうちに、まだ探索は十分ではない、生焼けのままだ、という思いが含意されているのは明らかだった。

――タヌキめ。

そのタヌキに逆に切り返してやった。

「ところで、『角海老』の姫雪太夫が、何者かに指輪を盗まれたという一件なのですが、東井様はわたしに『角海老』に行かせ、太夫の聞き込みに当たらせたというのに、それ以上のことはやらせたがっていないようです。わたしとしては、どうも、このやり方には腑に落ちないところがあるのですが。この事件の裏には何か特別な事情でも隠されているのでしょうか。それに――」

「それに？」

「わたしにはあの灰かぐらの茂平という男のことがどうにも気にかかる。なるほど、たしかに『角海老』といえば吉原きっての大見世です。そのほかにもあいつは四宿に幾つか遊女屋を持っている。どこも繁盛してると聞きました。それにしてもたかが女郎屋のあるじゃないですか。どうしてあいつはあんなに力があるんですか。わたしにはそのことが納得できない。椹木さんはこのことをどう思われますか」

「いいんですか」

「何が、です」

「いや、いまのあんたはまるで腕っこきの見廻り同心だ。老婆心ながら、そんなふうにうかつに尻尾を出して、あとで困りゃしないかと心配になりましてね」

「…………」

「いや、こいつは失礼しました。余計なことを言った。うちの奥方から、あんたはいつも一言多いから気をつけろ、と言われているんですけどね」

「……一度、椹木様の奥方様にお会いしたいものです」

「わたしもできるものならそうさせたい。あいつがあんたを見て何というか……」

「…………」

「はは、失礼、灰かぐらの茂平の話でしたね。あいつのことは、わたしにも何とも申し上げかねる。正直、ちと怖い」

「椹木采女様ともあろうお方が怖いとおっしゃる」

「なに、わたしなんざ臆病なものですよ。小心翼々と足を踏み外さないように役所を渡っていくのが鐙踏(あぶみ)んばり精一杯でしてね。悪いことは言いません。うかつに灰かぐらの茂平には手を出さないほうがいい。それこそ、この焚き火のように」

また椹木は折れ枝で焚き火を突いた。火の粉が舞い上がる。

「うかつに指を突っ込むと、火傷しかねませんからねえ。要は、この一件のことは忘れてしまえ、ということじゃないんですか。姫雪太夫はたいそうな美人だということだから、なかなか若い人には忘れかねるところもあるんでしょうが」

「たしかに、あの人は美しい。それもただの美しさじゃない。男を狂わせるような美しさがありました……」

「茂平もそうだが、太夫もうかつに近づくと火傷する、ということですか」椹木は興味なさげに肯いて、「あ、もう一つ、芋をいかがですか」

「あ、いや、これぐらいにしておきます。薩摩芋はあまり食べ過ぎると胸焼けがしますし、それに――」

「屁が出る」

「はい」

「そうなんですよ。あれが困る。じつに困る……わたしもそのことでよくうちの奥方に叱られるんですけどねえ。ええ、ええ、そうなんですよ」

二

椹木が言うように、姫雪太夫の指輪のことは、できるものなら忘れてしまいたい。

が、それができない。

――何としても姫雪太夫の指輪をとり戻してやりたい。

その思いは強まるばかりなのだ。どうしてもそれを振り捨てることができずにいる。

――しかし、なぜに、よ？

若菜にはそれがわからない。

美しい姫雪太夫に気持ちを動かされたからだろうか。それとも、あの玉の肌に魅せられでもしたのか。太夫の魔力にやられたか。

――おい、川瀬若菜、そうなのか？

そう自問し、いいや、そうじゃねえ、そんなんじゃねえや、と自答する。

たしかに姫雪太夫は、吉原でも一、二を争う名花だ。その美貌に迷い、惑い、狂する男たちが後を絶たないと聞いた。あの美貌を目のあたりにすれば、さもありなん、と納得もさせられる。

が、

——おれは川衆の川瀬若菜だ。

滅多なことでは女には惚れない。これまでもそうだったし、たぶん、これからもそうだろう。

ためつすがめつ自分の気持ちを微細に観察しても、その確信に揺らぎはない。決しておれは姫雪に惚れてなどいない、という自信がある。それなのに——

姫雪に対して強い執着があるのが自分でもわからない。理屈が通らない。この執着は何なのか？

——ままよ。

こうなれば、いつものように、おのれの気持ちのままに自然（じねん）に動いてみるほかはない。そのうえで、その先に何が待っているのか、それを見さだめるしかないだろう。

昨夜、眠りにつくまえに、そう決意した。寝て、起きて、その決意にやはり変わりはないことを、確認した。

——が、そういうことであれば……

若菜ひとりでは何かと不自由だ。頼りになる相棒が欲しい。

それで——

のみの英二（えいじ）、を呼び出すことにした。

英二は、人より小柄な男だが、それだからのみ、と呼ばれているのではない。いつも懐に鋭利なノミを忍ばせ、それを鋭く、速く、使いこなし、瞬時のうちに、敵の心臓にそれを突きたてるからだ。その殺技の冴えに万に一つの狂いもない。

この男にノミを使わせれば、よほどの剣術遣いでも、まずは尋常に太刀打ちできないだろう。敵にまわして、これほどこわい男もいないが、味方にとってこれほど頼もしい男もいない。

それでいて、いつもこざっぱりと、結城紬(ゆうきつむぎ)に、繻子(しゅす)の帯を決め、江戸の仕事師らしい、粋で、いなせな男っぷりを見せる。何より機転がきいて、知恵がまわる。若菜にとって、英二は、川衆の他の誰よりも頼りになる男だ。これまでにも何度か一緒に働いたことがある。失望させられたことは一度もない。いずれにせよ、気心が知れ、頼りになる、ということでは、のみの英二は、ほかの川衆の誰にもまさる。彼と一緒に行動するのはつねに心強いことなのだった。

三

翌日の暮れ方。

ここは本所林町一丁目、二つ目橋にほど近いところ、竪川(たてかわ)の河岸(かし)で——

その水ぎわに繁った竹林の奥に、木ぐちのたしかな一かまえの住居がある。四つ目垣に、檜皮葺きの屋根と、その奥ゆかしいたたずまいは、さながら名ある宗匠、俳諧師の寮でもあるかのようだ。

まさかのことに、これが江戸の掏摸を一手に仕切る黒手の市兵衛の住まいであろうなどとは、誰も夢にも思わないにちがいない。

川瀬若菜が市兵衛のもとを訪れたのは、姫雪太夫が指輪を奪われたその手口が、掏摸を連想させるものだったからである。

何かしら、手がかりのようなものが得られるのではないか、と期待した。

しかし……

黒手の市兵衛は、女ものの艶めかしい半纏をひっかけ、長火鉢の銅壺に徳利の加減を見ての、スルメを焼いての、ぷかり、ぷかり、と銀煙管をくゆらせながらの、

「たしかに、あっしの手の者にゃ、すれ違いざま、薄いカミソリを器用に使いこなし、巾着のヒモを切り、お宝をかっさらう野郎が何人かいるにゃあいます。ですが、旦那のまえですが、そのときに相手の肌に薄いあとを残すなどと、無様な仕事をするトーシローなんざ、あっしどもの手飼いにはうけあい一人もおりやせん」

片膝をたて、歌舞伎もどきにそうみえを切るのだった。

「しかも聞けば、お相手は吉原でも名の通った姫雪太夫とか——その玉の肌に、うっ

すらとであろうが、カミソリのあとを残したんじゃ、こいつはスリの名折れ、先祖の助六に叱られます。申し訳ねえが、旦那、こいつは辻番が違う。はばかりながら、黒手の市兵衛は、手下にそんな大束な仕事はさせません。悪いことは言わねえ、旦那、ほかをお当たりなさったほうがいい」

若菜が町奉行所の役人だから、いやいやながらも、まがりなりにもそうして相手をしてやっているのだ、という態度を露骨に見せつけ、木で鼻をくったような物言いに終始した。

この様子だと、若菜が席を立ったすぐあとに、それこそ塩でも撒きかねないあんばいだが——

「いや、邪魔したな。ありがとよ、いろいろと得るところが多かった」

若菜は愛想よく席を立った。

黒手の市兵衛は灰吹きに、ポン、と軽快に長煙管を鳴らし、

「おい、お客様のお帰りだ。誰かお見送りしねえか」

そう声を張りあげた。

掏摸の元締めというのはよほどみいりがいいのか。濡れ縁から見る内庭はきれいに手が入っていた。いまも印半纏を着た、二十五、六、男前のいい職人が、しきりに剪定鋏を鳴らしていた。

その響きを背中に聞きながら、子分たちに見送られ、家を出た。

子分たちはすぐに家に戻っていった。

若菜はそれを確かめると、そのまま竹林に入っていった。

竹林には昨夜の雪が消え残っている。

奥に踏み込んでいくにつれ、陽が暗さを増した。

笹の葉からサラサラと粉雪が、若菜の肩に降りかかる。

「おう、冷てえな」

空を振り仰いだ若菜の背後に人の気配がして、

「降りしきる　雪も笹葉の　名残かな……というのはどうですえ」

あの印半纏の植木職人が言った。

これが、のみの英二である。

「さすがに英二さんだ、こんなときにも風流を忘れないのは感心だ」

「なに、退屈しのぎの駄句でさあね」

「退屈しのぎといえば――黒手の市兵衛の話は聞いたかい」

「ええ、聞きました、聞きました」

「それで、どう聞いた？」

「黒手の野郎、やけに手の者とか、手飼いとか、手下とか、キザなセリフを並べたててましたね。わざとのように、自分の身内には、そうしたシロウトはいない、ということを言いたてやがった。ああいうのを、上手の手から水が漏れる、というんじゃないですか」

「ふふ、大きにそうかもしれない」

「言いかえれば、自分の身内に心当たりはないが、ほかには心当たりがある、ということなんじゃないでしょうかね」

「英二さんもそう聞いたか。おいらもそう聞いたよ」

「わか、ちょっとここで待っててくれませんか。なに、すぐに戻ってきます。もうすこし市兵衛の話に当たりをつけてみたい。寒いのはお気の毒だが」

「なに、酒抜きの雪見酒としゃれ込むことにするさ」

「それじゃ、あんまり風流がすぎましょう。こんなこともあろうかと思って、こいつをくすねてきました」

英二は印半纏の袖から、酒のちろり、茶碗、それにスルメを二、三本、取り出して、

「あぶり烏賊同心だてらに茶碗酒——というのはどうですえ」

「いいね、ますます風流だ」

若菜がそう笑ったときには、もう英二の気配は消えていた。

——さすがにのみの英二だ、やることが早いや。

若菜は、木の根っこの雪を払い、そのうえに大あぐらをかいて、茶碗酒を飲み、スルメをかじった。

竹林の隙間すきまを透かして竪川の水明かりがかすかに見える。すでに夕日がきざしてほのかに赤い。

対岸に見えるのは、

——旗本二千四百石、いまはお目付で、ゆくゆくは奉行になるとの噂が高い、鈴木八郎左衛門の……

屋敷ではないか。

若菜はかすかに笑った。

そうしたところを、わざわざ住まいに選ぶとは、あれでなかなか黒手の市兵衛もしやれっ気の多い男なのかもしれない。

四半刻（三十分）とは待たされなかった。

ふいに竹藪を入ったあたりから怒気をはらんだ男の声が飛び込んできて、

「てめえ、どこの馬の骨だか知らねえが、陸だの、川だの、あれこれ嗅ぎまわりやがって、気に入らねえ野郎だ。おい、てめえなんかの食い物になる安いおれたちじゃねえや、何だったら腕の一本も折ってやろうか」

竹林を透かし見れば、三人の男たちが英二を取り囲んでいるのが、ぼんやり浮かびあがった。

いずれも黒手の市兵衛の家で見かけた子分たちだ。そろって懐に手を入れているのは匕首を呑んでいるからだろう。前後から取り囲んで、じりじりと英二に迫りつつあった。

——助けに行ったほうがいいか。

若菜がそう思ったのは、ほんの一瞬のことで、もとよりのみの英二はこういうときに助けを必要とするような男ではない。

ふいに竹林を一陣の風が吹き過ぎた。

笹の葉が降りしきり、地表から吹きあげられた粉雪が男たちを包み込むように舞った。

その風に乗るように英二の体がふわりと浮いた。

動いた。

消えた。

いつ懐からノミを抜いたのか、払ったのか——

英二が消えたあとには、真っ二つに切断された笹の葉が、何枚も渦をえがいて、周囲に舞っていた。

なにしろ物凄い。

「これがおまえさんたちの手の甲だったらどうする？　指の動きが鈍って、もう掏摸を働くことはできなくなるぜ。おまんまの食い上げになるが、それでもいいのかえ」

その声が眠るように優しいのがなおさらに物凄い。

男たちが悲鳴をあげて逃げ去ったあと——

すでにそこに英二の姿は戻っていた。

若菜は英二のもとに歩いていって、

「あいかわらず英二さんは凄いなあ」

「なに、どうということはない。両国かいわいの見世物小屋に似合いそうな、たかの知れた芸当でさあね」

「ところで、市兵衛のところで何かわかったことはありましたか」

「ええ、ちょっと気になることが一つ、二つ」

「ほう、何ですか」

「たいこです」

「たいこ？」

「わかにお手数をおかけするのは心苦しいんですが、灰かぐらの茂平に確かめていただきたいことがあるんですが」

「ムリですかね」

「いや、何とかこじつけてみよう」

もしかしたら、それでもう一度、あの姫雪太夫に会えるかもしれない……そう思うと、ふと若菜らしくもなく、心がかすかに波立つのを覚えた。

――おれはあの太夫に惚れているのか。

いや、惚れていない……

四

「冬牡丹　剪るの折るのの　無風流――」

吉原の大門を見ながらのの英二の一句である。

「むふうりゅう、がいいかな、それとも、ぶふうりゅう、と読ませたほうがいいか。わか、どう思います」

「聞くなよ、おれにわかるわけがない」

「はは、そうですか」

英二はポンと銀煙管をもう一方の手のひらに叩いて、火を落とし、それを丹念に親

指でもみ消しながら、ちょっと改まった口調になり、

「わか、すこし気になることがあるんですけどね」

「何だえ？」

「あっしの気のせいかもしれません。いえ、たぶん、そうでしょう――もうすこし探りを入れてみることにします。それから、わかにお話ししましょう」

「何だなあ、英二さんらしくもねえ。言いさしてやめられたんじゃあ、こう、胸焼けがしていけねえ。いいから、話してみねえな」

「さいですねえ、役所が退けるのはいつもの刻限ですかえ」

「ああ、変わりない」

「そのあとにうかがいます。それまでにもうすこし、まとまったお話ができるように、午後にすこし動いてみましょう――じゃあ、あっしらはそろそろ」

煙管を煙草入れに収めると、無造作に立ち上がった。

今日の英二は、布子に、半纏の、人足姿だが、それでもその生来の男っぷりを隠し切れずにいる。きりっと苦み走っていた。

「う、う……」

丑も立ち上がったが、こちらは同じ布子姿でありながら、どうにも冴えない。英二にあごで使われる作男のようにしか見えないのは気の毒としか言いようがない。

「英二さんのことだから如才もあるまいが——なにぶんにもよろしく」

「へい、万事、心得ておりやす」

英二と、丑の二人は、それぞれに荷俵をやまと積んだ大八車をガラガラ引きながら、衣紋坂を下りていった。

吉原の里がぼんやり朝モヤのなかに、英二と丑の二人の姿も消えていった。

その朝モヤのなかにかすんでいる。

この衣紋坂の先には、茶屋や、商売屋が建ち並ぶ狭い「五十間道」があり、さらにその先には吉原の大門がある。

灯ともし頃には、遊里に遊ぶ男たちの往来で喧騒をきわめるこの町も、さすがに朝五つ（午前八時）のいまは、まるで人の姿がない。

衣紋坂を上がった先は、日本堤の土手八丁へとつづいている。

その、柳の一本に背を預け、若菜はそのときを待った。

灰かぐらの茂平は、吉原以外にも、四宿——千住宿、板橋宿、内藤新宿、品川宿——に女郎屋を何軒か経営していて、それを毎朝、駕籠を仕立て、用心棒を引きつれ、順に見廻りするのを習わしにしているのだという。

英二に抜かりはない。待つほどのこともなかった。衣紋坂の下からドスンというような大きな音、それに複数の男たちの怒声が聞こえてきた。

二台の大八車が、あしらえ駕籠と、そのまわりを取り囲んで護送している数人の用心棒たちのなかに突っ込んでいったのだ。

しかも二台の大八車は横倒しになり、その荷俵を狭い道いっぱいにばら撒いた。用心棒の男たちは前途をふさがれ、足場を奪われ、ただもう怒号を張りあげ、いたずらに右往左往するばかり。駕籠から切り離された。

その隙に、英二と、丑の二人はさっさと逃げ出してしまっている。

あしらえ駕籠が、用心棒たちから切り離されたまま、坂を登ってきた。

俗に四枚肩といわれる陸尺（ろくしゃく）（駕籠人足）四人で担う長棒駕籠で、その美々しさたるや大名駕籠にも引けをとるまい。

棒先提灯の「角海老」の屋号がゆらゆら揺れている。

その駕籠に向かって——

若菜が疾（はし）る。

かわせみを抜き払う。

下段にかまえた。

その剣尖が地を擦った。

朝モヤのなかを剣光がかすめた。

「わわ、わ……」

陸尺たちが散って逃げた。

「とう」

若菜の喉から気合いがほとばしった。

下段から斜め上段、さらに斜め上段から正確に逆に剣跡をなぞって、もとの下段に
――

しかし、駕籠は斬れない。

斬れるどころか、傷も残さない。

海老の目が、カタン、と音をたて、開いて、その穴から火縄短銃の銃口が覗いた。

火縄のにおい……

「なるほど、噂はほんとうだったか。あんたの駕籠は刃物を通さない。吉原装甲駕籠
――」

若菜はかわせみを鞘に戻した。

「それにしても飛び道具とは――あんたじゃねえが、恐れ入りやの鬼子母神だ。そこまで用心する必要があるのかえ」

「物騒な世の中ですからねえ」

その声が聞こえてきたのは、駕籠のなかからではなしに、背後からだった。

「おっ」

若菜はおどろき、飛びすさり、腰を駕籠に当てた。

駕籠が揺れた。

いつのまにか海老の目から火縄短銃の銃口が消えていた。

振り返ると、そこにでっぷりと肥った茂平の姿があった。

茂平は笑っていた。

「何だ、おどかすなよ、いつのまに駕籠から出やがったのか。ははあ、この装甲駕籠は駕籠抜けができるようになってるのか。さすがに灰かぐら――あれこれ芸が細かいや」

「奉行所の同心が辻斬りをしようか、というご時世です。いや、油断も隙もあったもんじゃない」

「それはこちらのセリフさ」

若菜も笑って、

「なにしろ平気で、ごろつきに奉行所同心を襲わせるおまはんが相手だ。まずは用心棒たちから引き剝(は)がす算段をしないことには、恐ろしくて、まともに話ができない」

「これは迷惑千万な――なにを証拠に、そのような言いがかりを」

「言いがかりなものか。どうでおいらは死ぬものと、甘く見やがったのか、あいつら、自分の口からペラペラとおまえさんのことをしゃべりやがったぜ」

「それは根も葉もない嘘——でたらめでございますよ。恥ずかしながら、人様より多少、内福にさせていただいているものですから、そのことをねたまれ、あれやこれ、言いがかりをつけられることが多くて、困っております。いずれ、そのことをお奉行所にもご相談しようかと」

「よさねえか、正月じゃあるまいし、いまはあんたと悠長に、やあぽん、の三河万歳をかわしているヒマはない。まずはおれの話から聞いてもらおうか」

「はいはい、うかがいましょう」

「もうすでに承知しているだろうが、ごろつきを一人生かしておいて、あんたの知らないところに押し込めた。いくら、あんたでも、あの野郎が身いっぱいに囀れば、もう言い開きはできないだろう。下手すりゃ獄門だぜ」

「はは、そうなりましょうかね」

「うけあい、そうなる。いいか、灰かぐら、もうおれにあだをなすな。そうすりゃ、言い取り次第で、首だけは繋がるかもしれねえ。わが身がかわいきゃ、このまま何もせずに、じっとしていることだ。わかったか」

「は、はは」

「何だ、何がおかしい？」

「なに、あなた様の気負ったところが何ともおかしい、とそう思いましてな——はばかりながら、このお江戸に、わたしの知らないところなんざ一つもございません。早い話が、あなた様の言う、そのごろつきとかは、ただいま現在、小伝馬町の牢に入れられている……そうでございましょう」

「なるほど……さすがは灰かぐらの親分だ。地獄耳でいらっしゃる——が、それを知ったところで、小伝馬町の牢屋敷内のことだ、あの野郎に手出しができないことには何の変わりもあるめえ」

「手出しをするなど滅相もございません。無実のわたしに何でそんなことをする必要がありましょう。どうか、ご心配なく。わたしには何もできないし、何をする気もございませんよ」

「そうかえ——それじゃ最後にもう一度、念のために訊いておきたいことがある」

「はい、何なりと」

「姫雪太夫を呼んだ、その相馬露齋とかの座敷だが、太夫のほかは、どんな顔ぶれがそろっていたのかえ」

「はて、どうしてそのようなことをお訊きになられるので」

「いいから答えねえな——お代は見てのお帰りだ」

「ほう、お代をいただけるので……これまで、お役人に賄(まいない)を払ったことはあっても、お役人からお代をいただいたことはない。これはせいぜい気張って思い出すことにいたしましょう――あのお座敷には、かたどおりに芸者衆、禿（かむろ）、振袖新造、男衆、それに……」

「たいこはどうだった」

「たいこ？　幇間（ほうかん）のことですか。それはいたはずです。ええ、ええ、おりましたとも」

「その幇間の名を教えてもらいてえ」

「よござんすよ、べつだん秘密でも何でもない。幇間の名は乱亭七八（らんていしっぱち）――近頃、売り出し中の若手の太鼓持ちです」

「それじゃもう一つ、その相馬露齋とかはどこの藩の御殿医なのか、いや、そもそも、ほんとうに御殿医なのかどうか、相馬露齋は本名なのか」

「はは……そのことなら、先（せん）に、知らない、と申し上げたはずですよ」

また茂平が笑う。

その笑い声のなか、血相を変えた用心棒の浪人たちが、衣紋坂を息せき切って駆け上がってきた。すでに抜刀している者もいる。

「おれは南町奉行所同心の川瀬若菜だ。手向かうやつは容赦なく引っ捕らえるから、そのつもりでいやがれ」

まずはハッタリの一喝をかましておいて、一瞬、相手が怯む隙に、逃げ出した。

これでどうにか、英二に乞われた、茂平から聞き出さなければならないことは聞いたし、それなりに茂平を牽制することもできたはずだった。

とりあえず所期の目的を達成したことになる……

朝モヤのなかを走りながら――

若菜は知らず笑っていた。

しかし、このときの若菜の知らないことではあったが、じつは情況は急変を遂げ、笑うどころではなかったのである。


その日の夕方になっても――

モヤはまだ消え残り、竪川から大川、両国橋まで静かにたなびいた。

そのモヤが襤褸のようにからみつく百本杭に死体が流れついて波に揺れた。

まだ若い男で、職人ふうのなりをしていた。

橋番の知らせを受け、役人が死体を引き揚げ、検視したところ、喉を切られているのがわかった。

右耳の後ろから喉仏のほうに弧を描いた傷が、そのまま頸動脈を一気に掻き切っているのだった。

どんな刃物を使えば、このような傷跡を残すものか、経験を積んだ検視役人にも見当がつかなかったらしい。

その死体は、懐に右手を入れ、ノミを握っているのが、検視控えに記録された。抵抗しようとして一歩およばなかった、ということだろうか。

殺されたのはのみの英二だった。

五

「ねえ、あたいの声が聞こえてる？　あたいの顔が見えてる？　これ、指、何本？」

「う、う……五本……いや、四本」

「やだ、三本だよ、川瀬さん、旦那、あんた、大丈夫」

「大丈夫……だと思う」

「そうは見えないよ、ねえ、姉さん、旦那の様子がおかしい」

そうおまさに訴えたのは、おひろという少女で、十六歳、つい先月、甲州から江戸に出てきて、桂庵を介し、牢屋敷の台所で働くことになったばかり。

やや肌の浅黒い、いきいきとよく動く目の魅力的な少女である。気がきくし、働きっぷりも悪くないのだが——唯一の難点は、妙に川瀬若菜になついていることで。

この日、いつになく若菜が朝から肩を落とし、しょんぼりとしていることを心配し、しきりに声をかけるのだが、彼は心ここにあらず、といった調子で、いっこうにはかばかしい様子を見せない。

おひろに比して、概してほかの女たちは若菜に冷淡だった。

「いまさら何を——その人がおかしいのはいまに始まったことじゃない。いつものことじゃないか」と、これがおまさで、「心配するがものはない。おおかた悪いものでも食べたんだろうよ」

「女に振られたのさ」

と、これがおきく。

それを上の空に聞き流しながら、

——ほんとうにそうだったらどんなにいいか。

若菜は痛切にそう思う。

誰よりも頼みにしていたのみの英二が、ああまであっけなく、何者かに殺されてしまったことに、すぐには立ち直れないほどの衝撃を受けていた。

——すこし気になることがあるんですけどね……もうすこし探りを入れてみることにします……午後にすこし動いてみましょう……

どうして英二がそう言ったときに、単独で動くな、と制止しなかったのか。ひとりで危険なことはするな、と止めるべきだった。

いや、それはこうなったから言えることで……まさか、あののみの英二が殺されることになろうなどとは、あのときには夢にも思わなかったのだ。

それはそうだろう。若菜の知るかぎり、のみの英二は川衆のなかでもとびっきりの腕ききだったのだから。まずは若菜と同等か、あるいはそれ以上の——しかも英二には、ややもするとわが身勝手で、仲間に冷淡な川衆を、どうにか一つにたばねるだけの、なにか徳のようなものがあった。

考えれば考えるほど英二を失ってしまったことは川衆にとって取り返しがつかない損失だった。

——あれほどの男がどうしてあんなにあっけなく殺されてしまったのか。殺した野郎は何者なのか？

それほどの強敵にどう立ち向かえばいいのか。そもそも立ち向かうことが可能なのだろうか。

——そんなやつらに立ち向かわなければならないのだとしたら……そう、もし、立ち向かえる者がいるのだとしたら、それは、それは……あいつしかいない。

ふと気がつけば、目のまえで、おひろがしきりに何か言っている。その目に涙さえ浮かべているようである。

「おお、そうか、そうか」

いつになく若菜は感激した。

「おひろちゃんだけだよ、そんなにおれのことを心配してくれるのは」

「ううん、そうじゃないのよ」とおひろが首を横に振って、「タマちゃんが屋根のうえで鳴いてるの」

「タマちゃん？」

「ネコのタマちゃんだよ。あの子、まだちいちゃいから、屋根に上がったはいいけど、下りられなくなっちゃったんじゃないかしら。かわいそうだから、旦那、屋根に登って、タマちゃんを助けておくれでないか」

「どうして、おれが」

「だって屋根は雪の残りで濡れてるもの。あたいたちが下手に登って、足を滑らせでもしたら、取り返しがつかない」

若菜は腐った。

腐りながらも、屋根に梯子（はしご）をかけ、尻端折り、屋根に登った。

屋根瓦は降りしたたる月光に濡れて光っていた。

そのなかに黒々と一匹のネコがうずくまっていた。じっと若菜を見ている。

子ネコのタマではない。そんなかわいい代物じゃない。これまで近所で見かけたこともない大きな黒ネコだ。

「鳴いておれを呼んだのはおまえか」

「にゃあ」

「出てこいよ。七化けのおこう、用があるからおれを呼んだんだろう」

「わか」

黒ネコがそう口をきき、あらためて見やれば、もうそこにいるのはネコではなしに、スラリ、と姿のいいおこうで、

「英二さんが殺されなすったね」

「ああ」

「どうして腕っこきの英二さんが……たやすく殺されるような人じゃないのに……」

「何だ、おこう、おまえらしくもねえ。おこつくんじゃねえよ」

「だって、わか……」

「おこう、かまを呼んでくれ」

「え？　ええ！」

「大仰に、おどろくなよ――耳が痛えや」

「わか、あんた、自分が何を言ってるのかわかってるのかい」

「わかってるさ、いいから、かまを呼んでくれ」

「だって、あいつは……」

「ああ、殺し、のかまだ――それでもあいつがおれらの仲間であることにゃ変わりないだろう」

「何で、仲間なんかであるものか。あいつはカネで殺しを請けおう、殺し屋じゃないか。敵も味方もみさかいなし。あいつの刃はいつか川衆にも向かうよ。殺しのかまは地獄のかま――誰もかれもがあいつに地獄の釜にたたき込まれる。この世に、あんなに恐ろしいやつはいない」

「そうさ、この世に、あんなに恐ろしいやつはいない。だから呼ぶのよ。これから、あの英二さんをあっけなく殺したやつらと戦わなきゃならないかもしれないんだ。殺しのかまでも呼ばないことにゃ、とてものことにおよびがつかねえ」

「わか、あんた、後悔することになるよ」

「ああ、もう、してるさ、いまのいま、すでに後悔してるのさ――だから、おこう、かまを呼んでくれ。ここは一番、気持ちよく、にゃあ、と鳴いちゃあくれねえか」

「にゃあ……」

「いい鳴き声だ。ありがてえ、かっちけねえ、おこう、おこう……ああ、もう消えちまったか」

六

豆腐屋の二階の六畳間――

丸火鉢に炭を熾し、その横で坊主畳に寝ころんで、ポリポリ豆をかじりながらの、黄表紙を読んでいると、

「旦那、お客さんですよ」

階下からおかみが声をかけてきた。

「あいよ」

気安く立ち上がり、はしご段を下りて、店先に出てはみたものの、

「誰もいないじゃないか」

「あれ……おかしいね、ついさっきまでそこにおいでだったんだけどね」

「おかみさん、キツネにでもたぶらかされたんじゃないかえ」

「ほほ、豆腐屋だけに――」

「油揚げを狙われたか」

笑いながら、二階に戻り――

座敷に入ったとたんに、後ろからスッと喉に刃物を当てられた。

「わか、お呼びだそうで――お懐かしい、へえ、取るものもとりあえず、こう、馳せさんじました」

冷たい、しかし美しい声が、背後から含み笑いとともに聞こえてきた。

「殺しのかまか、久しいな――こいつは何の真似だ。こんな冷てえものを喉に当てられたんじゃ、無沙汰(ぶさた)の挨拶もできかねる」

「無沙汰の挨拶とは恐れ入った。さすがにそれは遠慮させていただきましょう。だって、そうでしょ、わか――わたしを川衆から追放なさったのは、余人にあらず、わかですからねえ。無情に追い出しといて、用がある、来てくれ、と言われても、さあねえ、こいつはなかなか素直に受けかねるところで」

「いっちょまえの口をききやがる。どちらが無情なんだか――それもこれも、おめえが、すぐに人を殺す悪いクセを治さないからじゃねえか。用があるから呼んだんだ。子供みてえに拗(す)ねてねえで、おれの話を聞け」

「さあ、どうしようかなぁ。わたしも人の子だ、話を聞けば、懐かしいし、情もわく……何だかそれも面倒な気がしましてねえ」

「それで、おれを殺すってか。冗談じゃねえ。面倒だからって、殺されたんじゃ、間尺にあわねえ」

「間尺にあわないのが、殺しのかま、わたしの流儀でしてねえ」

「おい、かまよ」

「何ですえ、わか」

「もうそろそろ夕暮れだが……おまえ、まだ若いのに、いつから鳥目になったんだ。せいぜい養生しなきゃいけねえぜ」

「何をわけのわからないことを――昔から、人をケムに巻くのがお好きな人だったが……あいも変わらずですかい」

「だって、そうじゃあねえか。鳥目でなきゃ、おれの足に気がつくはずだろうよ。おれの足元をとくと見てみねえな」

「わかの足元？」

「おいらの足指が火鉢の縁にしっかりかかってるのが見えるだろ。おまえがおれの喉をかっ切ったとたんに、おれの足が跳ねあがり、真っ赤に熾った炭火をおまえの顔にぶちまける算段さ。気の毒になぁ、おまえのご自慢の、そのきれいなお顔が、二目と見られねえものになっちまう。おいら、それを思うと、忍びねえ」

「ふふ、わかの喉に刃物を当てたのも、ほんの出来心で――思えば、懐かしい。すこし話をしましょうか」

「ああ、もともとそのつもりでおまえを呼んだんだ――だが、そのまえに、その物騒なものをおれの喉から外しちゃあくれねえか」

「わかも、どうか火鉢から足を外しておくんなさい」

「ああ、そうしよう」

「それじゃ、一二の三で」

「ああ、そうしよう。一――」

「二の」

「三！」

第三話　一石橋・異聞

一石橋（いまの中央区三越裏）の南たもとに、「まよひごのしるべ」と彫りつけられた迷子石が立っている。

安政四年（一八五七年）に、日本橋の家主たち十五人がカネを出し合って建立したものが有名だが、じつは、それ以前にも同じところに迷子石は立っていた。

若菜は子供のころ、神隠しに遭った。

川瀬の両親は——すでに二人とも他界したが——一石橋の迷子石によく張り紙をし、若菜の消息を尋ねたのだという。

迷子石の左側、「たづぬる方」に「尋ね人」の紙を張り、右側「しらする方」に「預かり知らせ」の紙を張る。

が、若菜にかぎっていえば、結局、張り紙の効用はなかったようである。

神隠しに遭って三年後、若菜は忽然と八丁堀の自宅に戻ってきたのだが——

その日までどこで何をしていたのか、ついにその消息が知れることはなかった。

南町奉行所から一石橋は遠くない。

そのために何かの行き帰り、迷子石を見る機会が多い。

そんなおり若菜は、亡くなった両親に対して、なにか申し訳ないような、ほろ苦い気持ちに駆られるのが常であった……。

最近、迷子石の「たづぬる方」に、新たな「尋ね人」の紙が貼られた。

すなわち、

――兄は孝吉（こうきち）、八つ半、弟は伸介（しんすけ）、七つ。

とある。

十八日、渋谷氷川明神社にて迷子になったよし記され、兄、弟、それぞれの容貌特徴などがこと細かに付されてあった……。

一

大川――

新大橋に、雪が降る。

粉雪が風になびいて降りしきるなか。

いつもであれば雪を避け、急いで橋を渡るはずの人々が、鈴なりに欄干に群がる。

彼らの視線の先にあるのは、一艘の屋根船で、いましもお大尽の宴の真っ最中、紅白の吹き流しを雪になびかせながら、橋に近づきつつある。

いきな二挺三味線の調べ、それに芸者衆の端唄が。

逢うて嬉しき酒機嫌
濃茶が出来たらあがりゃんせ

それが橋にさしかかったときには馬鹿囃しに変わり、そろいの手ぬぐいをかぶった男たちが一斉に馬鹿踊り。

その手つき、腰つきがおかしいというので、見物衆からドッと笑い声が起こる。

そのなかに——

川瀬若菜の姿もあった。

いつもの落としざしだが、羽織は脱ぎ、雪駄ではなしに草履を履いている。

これなら誰が見ても奉行所の同心とは思わないだろう。まずは市井の食いつめ浪人というところ。

若菜が、目で屋根船を追っているのは、ほかの見物人と変わりないが、その先にあるのは芸者衆でもなければ、馬鹿踊りの男たちでもない。

縮緬をぞろりと裾長に着こなし、袖口からは襦袢の紅裏を覗かせ、襟には白扇をさしている——そんな、見るからに太鼓持ち然とした男が、馬鹿囃しにあわせ、自分もヒラヒラと舞っているのだった。

舞いながら……

ぞろりとした長襦袢の裾を、足をくるむように手早く縛りあわせると、さらに羽織を頭からスッポリ被り、まるで長細い袋に全身を容れたような姿になった。

そのままトン、トン、両足を襦袢の裾にそろえて、舳先まで進み出て、ひょいと逆立ちすると、ぐ、ぐ、と体を後ろに反らし、

「伊勢は津で持つ、津は伊勢で持つ、尾張名古屋は城で持つ……」

これはもうまるっきりの名古屋城・金の鯱で、あざやかな宴会芸——

「おめでとうございます」

そう陽気に声を張り上げるのに、芸者たちの三味線が色を添え、さらに陽気な調べが川面を流れ去っていった……

橋のうえの見物衆がまたドッと笑い声をあげる。やんや、と手をたたいた。

その笑い声、歓声に送られ、屋根船は橋をくぐり、遠ざかる。

「あれが乱亭七八……」

姫雪太夫が指輪を奪われた宴席にいたという太鼓持ちの名であった。

二

漕ぎだした小舟が大川を遡り、右に竪川を見るところまでは、乱亭七八にもおよその場所の見当はついたろうが。

気がついたときには——

雪がやみ、その月明かりに、冬枯れたススキの穂先がしらじら冴えるのみで、あとはただ一面、見わたすかぎりの暗闇が周囲にひろがるばかり。

そのどことも知れぬ潟のなか、迷路のように入り組んだ細い水路を、小舟は先へ、先へと縫うように進んでいく。

のっぺりした顔だちの、見るからにぞろりっぺとした七八が、「はて、ここはどこでありましょうか。お江戸の澪にこんなところがありましたかな」その風体に似あわぬ心細げな声を出した。

「心配は不要。話が済めば、うけあい、どこへなりと好きなところにお送りする」

櫓をあやつりながら、そう請け合ったのは川瀬若菜で——尻端折り、手ぬぐい被りのその姿は、どこから見ても本職の船頭そのもの。

……江戸は、当時、世界に類を見ない大都会であった。

日々、出される塵芥（じんかい）の量は膨大なものがあり、それを処理する必要から、やむなく埋め立てを強いられた。

あらかじめ計画されてのことというより、多分に行き当たりばったりのところが多かった。

そのために澪、堀、水路は、錯綜をきわめ、なかには正式な図絵に記載されないいま、人々から存在を忘れられたものさえあった。

川衆が人界の裏にひっそり棲みついたのもそのためで――澪から澪、堀から堀、水路から水路、闇から闇へと跳梁跋扈した。

ましてや川衆の棟梁（とうりょう）たる川瀬若菜、他の誰にも増して江戸の暗所にくわしい。

いま、乱亭七八を連れ込んだここも、幕府の川役人さえ、その存在すら知らない秘密の澪なのであった……

「あんたはおれの話の筋がよくのみ込めないというが……そんなはずはないんだけどなあ」

若菜は笑ったらしい。小舟が二度、三度、左右に揺れた。

「まあいい。それじゃ、ここは一番、ことをわけて話すこととしようか」

「はい、どうか、お願いを――」

七八は殊勝にかしこまる。

「吉原の大見世『角海老』の花魁、姫雪太夫の宴席で、太夫が首にかけていた小袋を、何者かが切り取り、奪った。それで——黒手の市兵衛という顔役に、その仕事をした者に心当たりはないか、と聞いたら、暗に、これはシロウトのしたことだ、とほのめかす。おれの仲間が探りを入れたら、座敷の余興に、客の巾着、持ち物をスリ取る芸を披露する幇間がいるとのこと。さしずめ、そいつのしたことだろう、との推理で……市兵衛が黙っていたのは、これをネタにゼニにありつくべえ、との捕らぬタヌキの皮算用、しょせんは小悪党さね——それでその幇間というのが」

「はい、やつがれで」

「あんたが、姫雪太夫が首にかけていた小袋をカミソリで切り取った——そういうことでいいか」

「はい、宴席の余興に。太鼓持ち、やれ、と宴主様から言われれば、太鼓たる者、やらないわけにはいきませんので——こう、太夫の後ろにこっそり忍び寄りまして、身八つ口からまえに手を滑らせました——いや、さすがのやつがれが、太夫の玉の肌すれすれに手を滑らせるのは震えがきました。なにさま、下手に触れようものなら、南無三、太夫にそのことがバレてしまいますから……何とか、うまくしてのけましたが」

「うまくしてのけたと言い切っていいものかどうか──太夫の肌にカミソリのあとが残っていたぜ。あんた、そのことに気づかなかったのか」

「はい、まことに不調法をいたしました。そのような覚えはないのですが……太鼓持ちとしては汗顔のいたり、としか申し上げようがございません」

「まあ、そのことはいいやな。不問にふそう……これで話の筋はのみ込めたかえ」

「はい、おかげ様で……ただ」

「ただ？」

「やつがれが、宴席の座興にそれをしたからといって、あなた様はそのことに対して、いったい何をなさろうというので？　お見うけしたところ、宴席での余興を四角く、とがめ立てするほどの、根っからのヤボでもないご様子で」

「誰が、あんたに太夫の小袋を切り取ってくれ、と頼んだのか？　それを知りてえ。いや、その者の名が、相馬露齋、とはわかってはいるが、むろんのこと本名ではないし、どうにも素性が知れねえのでな」

「『角海老』の主人にお訊きになったらいかがです？　灰かぐらの茂平さんに」

「それがいけねえ、どんなさしさわりがあるのかいっこうにわからないが、茂平は口を割ろうとはしない」

「なるほど、さようで……」

「あんたなら、そもそもその野郎が何者なのか、知ってるんじゃないか、と思ってね。宴席で、おもしろおかしく一夜をとりもつだけの太鼓持ち、もとより宴主に忠義だてせねばならぬ義理などないはずだから」

「太鼓持ちにも義理はございます」

「何に対して」

「これに対して」

「ふん、ゼニか。幾ら」

「まずはこんなところで」

「二両」

「ご冗談を。はは、子供に縁日のアメを買ってやるのじゃあござんせん。はばかりながら、二十両でございますよ」

「二十両……おい、あんまり足元を見すぎちゃいねえか」

「へへ、もともと、やつがれは主人（あるじ）を持たない野太鼓で。人様の足元を見て、たかるのがお商売」

「むむ、それにしてもだ。ちっとは、まからないか」

「あいにく」乱亭七八、パッ、と白扇子を胸元に開き、芝居がかりに、「まかりませんわいなあ」

三

乱亭七八は柳橋で舟を下りた。

辻駕籠を拾う様子もないところを見ると、これから柳橋の船宿か、料理茶屋にでも向かうつもりなのだろう。

川風に吹かれながら、ぶらぶら歩き出した。

若菜は舟のなかから七八を見送りながら、頭の手拭いを取り、着物の裾をおろし、髷をすこし直した。

それだけで舟の船頭から浪人に変身してしまう。

刀を執り、すばやく陸に上がる。

茶屋で編み笠を買い、それを被って、七八のあとをつけた。

さいわい浅草橋からこの柳橋下あたりは新吉原や深川の岡場所に通う猪牙舟や楼船の溜まり場になっている。笠や、頭巾を被り、顔を隠している男たちが少なくない。

編み笠を被ったからといって、とりわけ人目を惹くようなことはない。

七八が入ったのは、柳橋の北畔に高楼をそびえさせた料理茶屋であった。

料理茶屋の名前は、

——万八楼。

太鼓持ちの七八はこのような高楼に客として出入りできるような身分ではない。

おそらく、どこかのお座敷に幇間として呼ばれたのにちがいない。

若菜が十分に運がよければ、その宴主は、あの相馬露齋であるかもしれない。

そうであれば、相馬露齋のあとをつければ、彼がそも何者であるか、その正体をつきとめることができるだろう。

若菜は用水桶のかげに身を隠した。

じゃれつく野良犬、頭を突つこうとするカラスを追い払い、追い払いしながら、そこにじっと身をひそめた。

一刻（二時間）ほども待ったろうか。

四ツ（十時）をまわったころ、麗々しい大名駕籠が二挺、いずれも、お供の者を引きつれ、料理茶屋のまえにとまった。

駕籠の扉にも、その棒先提灯にも家紋はなかった。どこの藩かは知れない。

それより少し遅れ、やはり料理茶屋のまえにとまったのは、

——吉原装甲駕籠。

いつのまにか、大名駕籠のお供とはべつに、ヤクザ者、浪人たちが何人か、路地の闇奥にひっそりと集まっていた。

茂平の用心棒たちであろうが、さすがに人目につかないように、それなりの遠慮をして、暗所に潜んでいるようだ。

案の定、芸者衆、それに七八に賑やかに送られ、足元を照らし出されながら、暖簾(のれん)をくぐり、路地に出てきたのは灰かぐらの茂平だった。

その白い髷が後光のように提灯の灯に光った。

そのあとつづいて、見たところ、どこか大藩の留守居・重役らしい風体の年配の武士が出てきた。

料理の折をさげ、ひどく機嫌がいい。

茂平がしきりにその武士に挨拶しているところを見ると、どうやら彼のほうで年配の武士を万八楼に招待し、接待した、ということらしい。

そして、そのあとに――

やはり武士らしい男がのっそりと店から出てきた。長刀を携えている。

羽織、袴のいでたちは見るからに尋常そのものだが、なにかしらその姿に違和感めいたものを覚えたのは――

その男が相撲取りめいた巨漢だったからか、あるいは店から出てきたときにすでに深編み笠を被っていたからだろうか。

通常、笠は屋外に出て被る……

それが礼儀だ。

屋内にいるときから笠を被るのは、よほど礼を知らないか、そうでなければよほど人に顔を見られるのを避けたいからにちがいない。

――こいつは何者なのか。

若菜はそのことに興を惹かれた。

二挺の大名駕籠と、茂平の長棒駕籠は、店のまえで左右に別れた。

茂平の行く先は吉原と知れている。尾行する必要はない。

二挺の大名駕籠がいずれの藩邸に向かうのか、彼らは何者なのか、そのことを確かめたかった。

迷わず、大名駕籠のあとをつけた。

駕籠はどんど橋のほうに向かった。

江戸川が、船河原橋下で低い堰にとめられ、そこから神田川に落ちる。

それがどんどんと音をたてることから、その船河原橋もどんど橋と呼ばれるにいたった。

前方の闇のなかに大名駕籠の灯が揺れ、どんどん、の音が迫ってきた。

――舟に乗るつもりか。

そうであれば若菜には都合がいい。

舟ならお手の物だ。川衆・棟梁の若菜は、そこがどこであれ、舟を調達するのに不自由はしない。

が――

どんどん、という響きが、ふいに凄まじいまでの剣気を帯びたのだった。

たぶん、藩の侍が何人か、河岸で二挺駕籠を迎えたのに違いない。舟をしたてて、あらかじめ待機していた。

おそらくは警護の武士たちだろう。藩邸まで護送するつもりなのか。

ただ――

彼らが身にまとっている剣気、殺気が尋常なものではなかった。とうてい江戸の御家人、旗本たちと同じ時代に生を受けている武士たちのものとは思えない。まるで戦国の武士たちのように殺伐とした剣風を孕(はら)んでいるのだった。

すでに駕籠の灯は消えた。

どんどんという音を前方の闇のなかに聞きながら、

――いまの時世にありうべき武士たちではない。こいつらは何者なのか……

若菜はそれ以上、一歩もまえに踏み出すことができずにいた。

――先に進めば斬られる……

からだ。

闇のなかに釘付けにされながら、いつしか全身にビッショリ悪汗をかいていた。

櫓をあやつりながら、また、どことも知れぬ澪へと、小舟を繰り出した。

やおら舟上に立ちはだかると、二本の指を唇に当て、嫋々と指笛を闇に放ち、川面に澄んだ調べを響かせた。

これが川に鳴くセミ。

カワセミで——

一瞬、二瞬、間を空いて、
枯れススキのあいま、あいまから、ひょっこり、ひょっこり数匹の河童たち——ではなしに川獺たち——が、そのとぼけた顔を覗かせた。

舟べりに泳ぎ寄ってきて、鼻先を近づけ、胴を船板にこすりつけ、しきりに甘えかかるのを、頭を撫でてやりながら……

そのうちの一匹、頭に毛が三本あるのを、しみじみ見つめて——

「おめえ、どこかで見たことがあるような……いや、たしかに、人間様に、おめえと似たやつがいた。おれは何度か会ったことがあるよ。はて、あれは誰だったか……」

そんなことを独白しながら、矢立から筆を取り出し、小さく切りそろえた紙片、何枚かに、スラスラ字を書いた。

それらを丁寧に折り畳むと、小さな筒のようなもののなかに入れ、それぞれ川獺たちの首にくくりつける。

――当分、おれに近づくな。離れてろ。

というのが、それらの手紙の大意なので。

「行け」

川獺たちは、あるいはススキの茂みに飛び込んでいき、あるいは身をくねらせながら泳いでいき、それぞれに月光のなかを遠ざかっていった……

四

三日ほどまえ、日本橋の名高い廻船問屋、遠州屋(えんしゅう)が盗賊に襲われた。

抵抗しようとしたらしい番頭ひとりが胸を刺されて殺された。

その手口から、襲ったのは名高い盗賊、地走りの藤六(とうろく)らしい、と見込みがつけられた。

岡っ引きたちが一斉に江戸に散り、手配書が各番所にまわされた。

このところ、江戸は騒然としていて、盗賊騒ぎはめずらしくない。

それがこの盗賊騒ぎにかぎって――

小伝馬町の女たちの話題をさらったのは、牢方役の椹木采女が検視に駆り出されたからで、いよいよ近々、市中見廻りの役職に戻されるらしい、という興味からのこと、さらにもう一つ……

「椹木の旦那、殺された番頭を見て、涙を流したらしい。何でも、その番頭というのが、旦那の釣り仲間なのだそうで」

「これは――地走りの藤六も年貢のおさめどきかもしれないねえ」

「ああ、椹木の旦那を怒らせたんじゃあ……あれ、川瀬さん、何か、用？」

おまさとおきくは二人のまえに突っ立った若菜をけげんそうに見つめた。

「用というほどのことではないが」

若菜はいつになくモジモジとして、

「じつは、お二人を、この台所のぬしと見込んで、お願いしたき儀がござる」

「はは、ぬしときやがったか。おまさ姉さん、まるで印旛沼に巣くう、海に千年、山に千年のうわばみだね」

「お黙り、おきく――何ですねえ、旦那、みずくさい。旦那とわたしたちの仲じゃないですか。何でも、困ったことがあったら、遠慮なく、おっしゃってくださいな」

「うむ、ありがたい。それではお言葉に甘えて――じつはいくばくかの金子を用立ててもらいたい。いや、すぐに返す。うけあい、すぐにお返しするから、お二人のお口がけで、台所の女中衆に声をかけていただいて、その、ぜんぶで二十両ほど――あ、おまささん、おきくさん、どちらへ、どちらへ行かれるので――ああ、行ってしまった……」

若菜は悄然と台所に一人とり残された。

七八に渡す二十両のカネを用意するのはなかなかに難しい。

同心の俸給は三十俵二人扶持(ぶち)で、これが椹木ほどの腕ききになれば、いろいろと余禄もあるのだろうが、若菜などはぽっきり蔵米渡しだけを貰う身分から、いつまでも抜け出せそうにない。

――二十両、どう支度したらいいのか。

なかなかに悩ましい。頭が痛い。

気がつくと、足元にネコがじゃれついている。この界隈(かいわい)では、あまり見かけぬ黒ネコだった。

両手で抱き上げ、ネコの目を覗き込んでやると、

「わかい、わかい」

とネコが言う。

「あの伝書はどういうことなのか。当分、わかに近づくな、というのはどういう意味なのか」

おこうか、と若菜は肯いて、

「悪いとは思っている。いずれ、わけは話すつもりだ。が、いまは、おれの言うとおりにして貰いたい」

「あのみの英二さんが殺された。ただでさえ、みんな動揺している。そこへもってきて、このような伝書を受け取れば、その動揺はさらにひろがる」

「それはそうだろう。そのことは重々承知のうえだ。しかし、ほかに方法はないのだ。当分——そう、おれがいいと言うまで、誰も、おれに近づかないで欲しい」

「わかった。わかがそうまで言うなら、そのとおりにしよう。ただ困るのは——殺しのかまのことだ」

「むむ、あいつか」

「あいつには人の話が通じない。理も通じないし、なおさらのことに情も通じない。川衆には人間離れした者が多いが、あいつほど極端なやつはほかにいない。わかが自分に近づくな、と言えば、おもしろがって、逆に近づいてやろうか、というやつ。わか、おまえなら、そんなことは先刻、承知のはずじゃないか。それを承知で、あいつをわたしたちに近づけたのか」

「そのことだが、おこう……」

と言ったときにはネコはもう元のネコに戻っていた。

厨房の入り口に、門番の老爺が立っていて、あっけにとられたように若菜のことを見ている。あまりにヒマが過ぎて、ついにネコと話をするまでに気持ちが萎えたのか、となかば呆れ、なかば哀れんでいるのかもしれない。

「おこう、こうこう、香の物……いや、ひとつ、香の物を盗んで、茶漬けでもやっつけようかと、はは、そう思ってな……」

そんな言い訳は歯牙にもかけず、椹木采女様がお呼びであるわい、と老爺は無愛想に言って、

「椹木様が？　何の用で」

「何でも、これから、一石橋に行って、迷子石の『たづぬる方』を見てきて欲しい、とのことじゃ」

「迷子石の『たづぬる方』を見てこい？　何のことだ、それは」

「知らぬ、わからぬ、おまえ様がご自分で訊けばよろしかろう」

「ふふ、それもそうか……」

いつもの見廻り詰所まえの、いつもの薪置き場のまえで、

「やあ、一石橋の首尾はどうでしたか」

これもいつものように焚き火に当たりながら椹木采女が声をかけてきた。今日もまた焼き芋を焼いているのだろうか。

「ありました、ありました、たしかに迷子石の『たづぬる方』に、この張り紙が……写してきましたので、どうかご検分を」

椹木はそれにサッと目を通したが、べつだん何を言うでもなし、それをそのまま袂に入れた。

「それにしても、地走りの藤六が、湯島天神や、一石橋などの迷子石を、泥棒仕事の連絡に使っているなどと――椹木さんはいつからそのことに気がついておいでだったのですか」

若菜の問いに、椹木は折れ枝で焚き火を突きながら、

「なに、そんなに古い話じゃない。そうじゃないかとは思いながら、それでも半信半疑だったというのが正直なところです。もっと早くに、このことに確信を持っていれば、このまえのように、みすみす、お店(たな)の番頭を死なせることもなかったろうに、と思うと、わが身の無能さが悔やまれます」

「無能だなどとんでもない。椹木さんなればこそ、この『尋ね人』に気がついた。ほかの誰も――わたしも含めて――よしんば迷子石のこの張り紙を見たところで、そんなこととは思いもよらなかったことでしょう」

その有能きわまりない椹木が、しきりに自分の身辺を嗅ぎまわっている、と思えば、背筋をちろちろ悪寒が走って、あまり気分のいいものではなかったが。

そのことは別にして、なにしろ椹木が素敵に頭が切れ、腕がたつことだけは認めないわけにはいかなかった。

それで、若菜は言った。

「おそらく、地走りの藤六一味が、ひそかに仲間とかわす符丁には、幾つか種類があるのでしょう。まずは最初に、兄と弟が行方不明とすることで、これが兄と弟──つまり干支の符丁であることを伝える……兄の名が孝吉、孝は甲であり──弟の名が伸介、伸は申であり……すなわち甲申、これは干支の二十一に当たる。兄を七つ半、弟を六つとすることで──二十一日、七つ半（午前五時）に押し入り、六つ（午前六時）には引きあげる、ということを伝える……いや、素敵におもしろいが、ここで一つ、お教えいただきたいことがあります」

「何なりと」

「地走りの藤六は、つい三日まえに一仕事終えたばかりだ。本当なれば二月、三月、身をひそめるところでしょう。それがどうしてこんなに急いで次の仕事に取りかかったのか。そして、どうして椹木さんはそのことを事前に知ることができたのか」

「口はばったいことを言うようですが」

椹木は照れたように笑い、

「わたしが、殺された番頭と釣り仲間で、その死骸のまえで涙を流したと知れば、さぞかし藤六はあわてふためくだろう、と踏んだのでした。こんなことを自分で言うのも何ですが、捕り物名人とおだてられているわたしを、本気で怒らせたとあっちゃ、藤六も尻に火がつくことでしょう。最後に江戸で一仕事して、急いで草鞋を履く気になるはず――とそう考えたのでした。つまり早いうちに動くだろうと――はは、案の定でした」

「そ、それじゃ、あれはすべて嘘なので」

「わたしは釣りはやりません。なにぶんにも殺生は好まない」

「いや、恐れ入りました、これがほんとうの恐れ炒り豆だ――ただ、この『たづぬる方』には、泥棒働きをする日時が記されてはいるが、肝心のどこを襲う、ということが記されていない――そのことはどう絵解きをすればいいのでしょう」

「川瀬さん」

「はい？」

「あなた、一石橋の名の由来はご存知か」

五

「一石橋の名の由来は――この橋の南北に金座の後藤、それに呉服屋の後藤がある。

後藤は五斗に通じる。後藤が二家。五斗に五斗――積もって一石……まさかのことに金座に押し入るわけがないから、襲うのは呉服屋の後藤のほう……考えたね、藤六さん」

ここは銭瓶橋――道三堀にかかり、一石橋の西に当たる。

斜面のそこかしこに消え残った雪が、月明かりに映え、遠くに常盤橋、呉服橋が銀色にけぶるのを望むことができる。

呉服屋の後藤屋をめざし、闇の底を疾駆する盗賊たちのまえに、ふいに一人の男が現れ出でて、突拍子もなく、一石橋の講釈など始めたりしたものだから、彼らはただもうあっけにとられ、

「何者だ、てめえは」

懐の匕首を握りながら誰何する。

妙に貫禄のあるところを見れば、この男が地走りの藤六なのだろう。

「泥棒に、何者よばわりされれば世話はないが……」

そううそぶくのは、宗十郎頭巾で顔を包んだ武士ふうの若い男――

言わずと知れた川瀬若菜で、

「強いていえば、ご同業、おれもあんたたちのお仲間なのさ」

「その同業がおれたちに何の用だ。なぜに仕事のじゃまをする」

「じゃまをするどころか——おれはあんたたちを助けてやろうというのだ。それにしても、いけないよ、藤六さん」

「何がいけないというのだ。ははぁ、先に番頭を殺した件を言ってるのか。あれはおめえ、おれたちがおとなしくしろ、と言っているのに、あの野郎がしゃにむにつっかかってきやがるから……」

「ご同業と言ったはずだぜ。あんたたちの仕事のやり方に口を挟むつもりはないよ。道学者じゃあるまいし——人を殺すのがどうのこうのと難癖をつけるつもりはない。おれは、お白州で人を裁くような真似はしないのだ。おれがいけないと言ったのは——あの榧木采女を甘く見ちゃいけない、ということさ」

「榧木采女……」

「あいつは恐ろしい男だぜ。あんたたちの迷子石の符丁をすっかり読み解いた。ただ、あんたたちがあそこに書いた子供の歳、八つ半、七つを——おれが七つ半、六つに書きかえておいた。おれがおめえたちを助けてやった、というのはそういう意味さ。まだ一刻の余裕がある。だから、奉行所の役人たちもまだ呉服屋で網を張る準備をととのえ終えちゃいないはずだが……いずれにしろ、このまま呉服屋を襲ってみねえな。おめえたち、この寒い冬のさなかに、飛んで火に入る夏の虫、ということになる。よしねえ、よしねえ、このまま引き返したほうがいい」

「おめえ、どういうつもりだ？　何で、見知らぬおれたちを助けようとする」

川瀬若菜、急にでれっとした顔になり、

「カネを貸しちゃあくれねえか。たんとは言わない。二十両でいいんだ。聞けば、おめえたち、先の仕事で、二百両がとこ稼いだ、というじゃねえか。その十の一の二十両、助け賃にお貸しお貰い申してえ。いや、うけあい、期日を切って、お返しするからよ」

「おめえ、気は確かか」

さすがに藤六は呆れたような表情になり、

「どうして、おれたちが見知らぬおまえにカネを貸さなきゃならねえんだ」

「だから助け賃と思ってよ。いや、よくせきのことがなきゃ、おれもこんなことを赤の他人のおまえたちに頼みゃしない。ここは一つ、同業のよしみで——」

「よしゃあがれ——同業だからといって、いちいちカネを貸してたんじゃ、こちらの身が持たねえ」

「いや、それはそうかもしれねえが——そこのところをおして、一つ……」

なおも押し強く、粘ろうとした若菜、そこでふと言葉を喉の底に呑み込み、虚空に視線をさまよわせ、おまえか、かまい、とそう言ったのだった。

「殺しのかま、おめえ、そこにいるのか」

「ああ、いるよ」

どこか虚空から、月の光から、含み笑いの声が降ってきた。

「おめえ、こんなところで何してやがる。当分、おれに近づくな、とそう言っておいたはずだ。聞いてないとは言わさねえ」

「ああ、聞いてるよ。だけど、いいじゃあないか。あんたがあんまりおかしくてさ。近づかずにはいられないのさ——あんた、椹木采女を甘くみちゃいけない、って人には言っておいてさ。自分が椹木の升落(ますお)としにかかったのに気づかずにいるんだもん」

「何、椹木の罠に？」

「気がつかないかい。ここらあたり一帯、ぐるりと南町の捕り方たちに取り囲まれている。蟻の這い出る隙間もないほどにさ。椹木は最初から、地走りの藤六一味と、あんたとを一網打尽にするつもりだったのさ。藤六と一緒にいるところをひっ捕まれば、いくらあんたでも、申し開きがたたないからね。やれやれ、気の毒に、結局(けっく)、礫、獄門さね」

そのときには若菜は全神経をあまねく周囲に放っている。なるほど、たしかに闇のなか、そこかしこにびっしり人の気配がする。若菜たちを取り囲み、じりじりとその輪を縮めつつある。

「どうだい、助けようか、おれだったらあんたを助けることができる」

「何十人もの捕り方を殺してな――断る。おれのことはうっちゃっといてくれ。おめえは好きにどこかに消えてくれ」

「いいのかえ、そんな強情を張って。わか、どんなに人が死のうがかまわないじゃないか。おれだったら――」

「うるせえ、そんな気の長いかき文句はよしてくれ。もうとっくにおそまき、い、い、い、しだよ。さっさと消えろったら消えろい」

「ふふふ……あいよ」

かまの気配が月光に消えた。

「お、おい……」

異変に気づいたのか、地走りの藤六の声がうわずった。子分たちも青ざめている。

「地走りの――」若菜が物凄い笑いを頬に刻んだ。「ここを無事に逃がしてやれば、カネを借りるんじゃなしに、きっちり、いただくぜ。それも二十両じゃあねえ。四十両に割り増しだ。よしか」

「あ、ああ……」

「はっきりしねえな、よしか」

「よ、よし」

そのとたん――

数えきれないほどの御用提灯が、一斉に地上と堀に浮かび上がり、銭瓶橋を真昼のように照らし出す。

御用、御用、の鬨の声――

六

投網が宙に舞う。

それをきわどくすり抜けたところに、四方、八方から、捕縄が飛んでくる。

それらの縄をすべて斬り放ち、返す刀で、突き出される六尺棒を斬り捨てて、さらに御用提灯を三つ、四つと斬りあげる。

斬り捨てられた御用提灯が、めら、めら、と地上に炎をあげる。

その炎を飛び越えて、走り出そうとする若菜の腰に、

「御用だ」

捕り方がしがみついてくる。

二人、三人とそれにつづいて、御用、御用、と声を張りあげる。

「ええい、うるせえ」

一人をぶん回し、もう一人を蹴り倒し、残る一人を殴り倒す。殴っても殴っても蹴っても蹴ってもきりがない。ただもう息だけがいたずらに荒くなる……

「どきやがれ、蚊とんぼが」

がら、がら、がら、と車輪の音を響かせて、大八車が向かってくる。それに足を取られればもう二度とは立ち上がれまい。

「だあっ」

その梶棒を、すぱり、と切り落とし、前にのめった大八車に足をかけ、乗り越え、跳んで、下りたところに――

その足を払うようにすかさず刺股が突き出される。二本、三本、四本と――

それを下手斬りに、かわせみを放って、ことごとく両断する。

「わあ」

捕り方たちがあおむけに転ぶのを、蹴倒し、蹴倒しして――

疾走する。

ここまで暴れに暴れ、逃げに逃げて、ついにここは一石橋――

その先にあるのは呉服橋、さらにその先にあるのは――

――あれは……あれは……

しかし、前にも後ろにも雲霞のように捕り方たちが押し寄せて、とてもその先には行けそうにない。

「もうダメだ、もう逃げられねえ、息がつづかねえ」

地走りの藤六が泣き声をあげる。

「ちくしょう、ここに堀があるんだ、舟さえあれば……」

若菜が血走った目で堀に視線を走らせたとき――

「これをお使いなさい」

男女の別のさだかではない声が聞こえて――、そこに一艘の猪牙舟が現れた。

「ありがてえ、かっちけねえ、おまえさんは何者だえ?」

が、そのときには猪牙舟からその人影は消えていた。まるで陽炎のように。

竿だけがそこに残された。

いまは相手の正体を詮索している暇はない。

藤六の体を引っさらいざまに、舟に飛び込んだ。

「御用だ、神妙にしろ」

数人の捕り方を乗せ、舟が突っ込んでくるのを、器用に竿をあやつり、猪牙舟を回転させて、沈没させせる。

「これからどこに?」

藤六が震える声で聞くのを、

「あれさ、あそこを見ろ」

「あれって……おめえ、あれは……」

藤六が悲鳴のような声をあげた。

「そうよ、北町奉行所さ」

たしかに呉服橋の対岸に見えるのは北町奉行所——

「あそこに突っ込む。なに、南町が、おれらを追って、北町に土足で踏み込んだりするものか。そんな度胸はありゃすめえ」

「む、無茶だ、無茶だ——」

「いいからおれにまかせときな。しっかり摑まってろ」

若菜は頭上に竿を旋回させると、たからかに笑い声をあげ、

「天まで、かっとばすぜ」

第四話　幇間の鯱

一

「どなたにも道場に入るまえには大小は外していただく決まりになっている。入り口に刀受けがあります。どうか、お腰のものをそちらにお架けいただきたい。道場には丸腰でお入りいただく」

道場の玄関に足を踏み入れるなり、目のまえ、閉ざされた引き戸の奥から、椹木采女の落ち着いた声が聞こえてきた。

すでに朝である。

夜明けに降りはじめた雪が、早朝には激しさを増し、ここ南町奉行所は重苦しい灰色のとばりに包まれていた。

窓の格子ごしにちらつく雪が、まるで彼岸に業(ごう)を刻ませ、それをたゆまず降り積もらせる若菜の生き様をなぞってでもいるかのように感じさせた。

――おれの業？　なにを抹香臭いことを……

あれから、地走りの藤六を引きつれ、北町奉行所に突っ込んでいった。

案の定、南町の捕り方たちは、北町奉行所までは追ってはこなかった。誰もそこまでの度胸はなかったわけなのだろう。

今月は、南町の月番だし、なにぶんにも深夜のことだから、北町奉行所にはほとんど人はいなかったが……

それでも無人というわけではなかった。奉行所が無人になることはない。

ずいぶん、かわせみを遣った。血を吸わせた……

誰も殺めてはいないはずだが、それでも何人かにはこっぴどい手傷を負わせた。

北町奉行所から、どこをどうたどって逃げ出したのか、なにしろ大立ち回りの連続で、記憶は切れぎれ、一貫していない。

しきりに値切ろうとする藤六から、なかば恐喝まがいに四十両をふんだくり、日本橋で別れた。

夜明けまえに間借りしている豆腐屋の二階に戻った。

裏の井戸で顔と体を入念に洗い、髷を結いなおし、着替えた。

豆腐屋は朝が早い。

「おや、お安くないねえ、朝帰りですかえ」

おかみさんにからかわれるのを、

「そんなんじゃねえ、ほんのヤボ用さ」

いなして、南町奉行所に向かった。

昨夜来からの疲労が、鉛のように重く体の底にわだかまっているが、それどころでなかった。

――どうして南町に向かうのか。

自問するまでもない。椹木采女と決着をつけるために、である。

いまなら、まだ朝が早いから、南町奉行所に人は少ない。

椹木は、毎日、捕縄術の朝稽古をつとめるから、この時刻にも、すでに道場に出ているはずである。

どうして椹木が捕り物に出なかったのか疑問だが、奉行所にひとり残ったことが、彼の命取りになろう。

――椹木を始末するのはいまを措いてほかにない。

椹木采女はあまりに切れ者すぎる。あまりに恐ろしすぎる……早いうちに、あやつを排除しておかなければ、若菜が生き残るすべはない。

しかし――

「どうしたのですか。早く大小を刀架けに置いてくれませんか」

戸の向こうから聞こえる椹木の声が鋭さを増した。

若菜がいつまでも戸口でグズついていることに不審を抱いたのだろう。

――どうしたものか。

一瞬、焦った。迷った。

はたして、かわせみなしにあいつを斃すことができるだろうか。

が、選択の余地はない。できようが、できまいが、そうする以外にないのだ。

かわせみを鞘におさめ、刀架けに残し、

「川瀬若菜です。失礼します」

そう声をかけ、引き戸を開けた。

二

椹木は、捕縄術の達人としても南北両奉行所に名を馳せている。

とりわけ十手を使わせれば、大太刀を振るう者を相手にして、まずは五人まで、互角に試合うといわれていた。

ほとんど人間わざではない。あれはテングだ、という者もいる。

その椹木が、稽古着姿で、涼しい顔をし、座っているのを見て、

——この男が……

若菜は、あらためて怒りがこみあげてくるのを覚えたのだが。

そのとき、道場の隅に座していた人物がやおら立ち上がると、若菜に近づいてきたのだった。

——道場にべつの人間がいた。

つねに神経を研ぎ澄ましている若菜にはめずらしいことではあるが、これまでそのことに気づかなかった。

うかつといえば、うかつではあるが——それだけ椹木への怒りが大きかった、ということなのかもしれない。

それは、羽織袴の武士、六尺近い大柄な老人で。

いや、子細に見れば、まだ五十がらみで、老人というほどの歳ではないのだが、ふしぎに高齢に見えた。

老人は若菜のまえに立ち、しばしその顔を見つめていたが、やおらその視線を椹木に転じると、

「この男が、かねがね、おぬしが口にしていたくだんの者であるか。なるほど、たしかにふしぎな顔をしておる。まずは万人に一人の骨相であろうかの」

寒ガラスのように、ケ、ケ、と笑うと、若菜に、おぬし、まだ独り身であろう、と妙なことを訊いてきた。

「へ？　あ、はい、それが何か？」

「うむ、いまは晦日、これから世間は正月を迎えることになるが、独り身をかこつおぬしとしては、年賀の当てもなし、雑煮の当てもさらになし、といった所在なさ。どうじゃ、図星であろう」

「あ、はい、たしかに」

「ふふ、わしにも覚えがある。独り身には、正月はまことに所在がなく、身の置きどころがないもの――そうじゃ、晦日のうちに、吉原にでも招待しようか」

「はぁ？」

「おお、そうじゃ、それがよい」

「矢部様」

椹木が老人に声をかけた。

「いささか、おたわむれが過ぎはしませぬか」

「なにを言う、采女、たわむれなどではないぞ。わしは本気じゃ――采女、おぬしも一緒にどうか」

「せっかくのお話ではございますが、遠慮させていただきます。晦日、松の内は、妻と一緒に過ごすものと決めておりますゆえ」

「ふん、世に愛妻家ほど味気ないものはないな。もっとも、あれほどの奥方であれば、それもムリはなかろうがの」

榧木に、矢部、と呼ばれた老人は独り合点しながら、出口に向かって、

「采女、この節季師走の忙しいときに気の毒ではあるが、まずは正月の鮭でも拾うつもりで働いてくれぬか。当てにしておる」

「当てにしないでいただきたい。迷惑でござる。それがし、矢部様の命を承諾した覚えはありません」

「ふふ、まあ、よいわ——そのようにつれないことを申すものではない」

が、老人はそれを気にするふうもなく、しごく上機嫌のまま、いそいそと道場を去っていった……

そのあと、しばらく二人は無言のままでいたが、やがて榧木がおもむろに、さて、と言った。

それに応じて若菜も、さて、と言い。

「榧木さんは昨夜の、地走りの藤六の捕り物にお出にはなられなかったのですか」

「風邪を引いた」

榧木は喉に手をやった。

まだ真新しい包帯が巻かれている。風邪に喉をやられたということだろうか。

奉行所の同心にとって、盗賊の捕り物ほど重要なものはないはずであるが、それにも加われないほど重篤だったのか……。

「わたしも地走り一党の捕縛に駆り出されたのですが」

「ほほう、そうですか」

椹木はかすかに笑ったようである。若菜の言葉などはなから信じていない。

「ええ、そうなんですよ。いや、もう、あいつら、じつにバカな暴れようで。さんざん汗をかかされました。結局、藤六を逃してしまったのですが……大丈夫ですか、椹木さん、あんなにも捕り方を動員し、肝心かなめの藤六を逃がしたとあっちゃ、さすがに上の覚えがよろしくないんじゃ」

「さあ、どうですか。いずれ何らかのお沙汰があるかもしれません――話に聞いたところでは、何でも宗十郎頭巾の男が凄まじい暴れっぷりだったとかで……川瀬さん、その男について、何か心当たりはありませんか」

「ぷふっ、とんでもない、何で、わたしに心当たりなぞあるものですか。そんなことより――椹木さんのまえですが、今度という今度ほど、捕り物には捕縄術の心得が必要だ、と腹の底から思ったことはありません。いまからでも、椹木さんに、ご教授ねがいたいほどで」

「はは、それはやめときましょう」

「なぜ、に」

「いま、あなたはその話をしながら、ちらり、と天井の梁に目をやった」

「そうですか、いや、気がつきませんでしたが——それが何か？」

「捕縄の稽古をしているとき、その縄で首を絞められての、藤六を取り逃がしたお詫びの自裁を偽装されての、天井から吊されたんじゃあ、目も当てられない。まずはやめておいたほうが無難というものでしょう」

「これは、また悪いご冗談を」

「たしかに」

ひとしきり笑いあったのち、ふと槇木が真顔になって、

「ところで、川瀬さん、あんた、植木屋の英二という男の検視には立ちあわれたか」

「植木屋の英二……」

若菜はつとめて表情を殺し、

「喉をかっ切られ、百本杭に流れついたとかいう死体のことですか。いや、話に聞いていますが、なにぶんにも、わたしはしがない牢役なので——検視には立ちあっていません。それが何か」

「いえね。この男が、植木屋という触れ込みではあるのですが——話に聞いたかぎ

り、生前にはどうもたいした男だったようで……とてものことに、ただの植木屋には
おさまり切れない、得体の知れないところがあったらしい」
「へえ……」
「もっとも、わたしが気にしてるのは、そのことじゃなくて、死因のことなんです
が」
「死因？」
「ええ、これが右耳の後ろから喉仏のほうに弧をえがいた傷跡で――後ろにいる人間
が、前にいる人間にそうした傷跡をつけるのはムリな話でしょう。下手人は、どうあ
っても英二の前に立って刃物をふるったとしか思えない。が、話に聞いたかぎり、英
二はかなりの強者（つわもの）で、おとなしく喉を切られるままになっているようなたまじゃな
い。どうやったら、あんなふうに英二を殺せたのか、わたしにはどうにもそれが解せ
ないのですよ」
　椹木がそう首をひねったとき――
　戸口に人の気配がし、椹木様、と声がかかって、
「いま、地走りの藤六なる者、隠れ家に戻ったところを、かねてより椹木様のお手配
の者どもが取り押さえ、無事に召し捕ったとの報告が入りました」
　それのみを告げ、その者は立ち去った。

「それは重畳——」椹木はにっこり笑って、おのが首に手をやり、「どうやら、わたしの首も何とかつながったようです」

「それは何より。まずはめでたい」

と言いながら、若菜がひたすら思うのは、報酬の四十両、先にぶん取っておいてよかった、というそのことばかりで……

椹木はそんな若菜をじっと見つめていたが、ふいに、やりましょう、と言った。

「え？」

「いや、あなたの腕がどの程度のものか、見たくなりました。ひとつ、お手合わせを願いたい」

「わたしには何の腕もありませんが……天井の梁はいいんですか」

「はは、梁のことは忘れましょう。外の行李に稽古着が入っています。あなたにはそれに着替えていただく。わたしは試合のまえには戸にさるをおろしてつかのま座禅をするのを習わしにしています。稽古着に着替えたら声をかけてください。そしたら、戸を開けますから——」

「わかりました……」

若菜はいったん道場から外に出た。

そこの行李から稽古着を出し、着替えながら、

――捕縛術で椹木に勝てるか。

それを考える。

まずは難しかろう、というのが結論であった。

椹木は捕縄をさながら生あるもののように操るのだという。彼と組み合った者は、何が起こっているのかわからぬうち、いつのまにか縛りあげられているのだとも聞いた……捕縛術ではまず椹木に太刀打ちできる者はいないだろう。それなのに、どうやってかわせみなしで椹木と戦えばいいのか。

着替えを終え、戸のまえに端座し、

「椹木さん、わたしです」

と声をかけた。

返事はない。なかはただしんと静まり返っていた。戸に手をかけた。しかし開かない。内側にさるが下りている。

「椹木さん……」

もう一度、声をかけた。しかし、やはり返事がない。

若菜の人並みはずれた鋭い勘が働いた。なにかしら異常を察知した。すぐさま機敏に反応した。

若菜に錠前外しの技はないが、内側のさるぐらいなら、どうにか細糸を使って、外から外すことができる。

「椹木さん」

道場に飛び込んだ。

椹木は道場の真ん中に倒れ伏していた。すでに意識はないようだ。板敷きにべったり血がひろがっていた。

それを抱き起こし、「どうした、椹木さん、しっかりしねえか」叫んだ。

椹木の喉に巻いた包帯が真っ赤に染まっている。喉をかっ切られているようだ。包帯の上から見るかぎり、傷は右耳の後ろから喉にかけて弧をえがいているらしい。これは……

――あの英二と同じ傷口。

しかし……しかし……若菜は混乱せずにはいられなかった。これは何なんだ？　どういうことなんだ？　何度も自問した。

下手人はどこから入って、どこから逃げたのか？　唯一の出口である正面の戸は内側から閉ざされている。格子窓は手を入れることもできないほどの隙間しかない。あれだけの短い時間のうちに、天井板、床板を外し、それをまた塡めるのはできない相談だ。それなのに――現に椹木は喉を切られているのだ。どうしたら、そんなことが可能になるのか。これは現実のことなのか。

若菜は狂おしい思いのうちに、

「椹木さん、死なないでくれ——あんたはおれが殺すんだから……それまでは、どうか死なずにいておくれ」

そう悲痛な声を放つ。

そうしながらも椹木の手当を急いだ。

稽古着の袖をちぎって、それを血止めに当て、そのうえから帯でかたく縛る。

さらに大声を張りあげ、おおい、誰か来てくれ、椹木さんが大変だ、と助けを呼ぶ。

道場の外が騒がしくなった。

人々が駆けつけてきたようである。

「医者だ、医者を呼んでくれ」

三

椹木を奥に寝かせ、医師を呼び、さらに八丁堀の組屋敷から奥方を呼べば、もうそれで人々にやるべきことは何も残されていない。

あとは椹木采女の順調なる回復を祈るばかりである。

——いったい椹木采女の身に何があったのか。

当然、奉行所の役人たちからはそれをしつこく尋ねられたが、若菜自身にもそれがよくわからない。

かたどおりの証言をするにとどまった。

なにより人々は若菜のことを南町奉行所のいわば昼行灯(ひるあんどん)、無能の者として視ていて、その言葉を疑う理由はなかったようである。

——ふしぎなことがあるものだ。椹木の回復を待ち、何が起こったのか、当人に問いただす以外にないだろう。

結局、その結論に落ち着いた。

若菜は早々に解放された。

重い足を引きずりながら、帰途についた。その間(かん)、若菜の頭を占めたのは、

——椹木采女はいかにして、あの閉ざされた道場で襲われたのか。

もっぱら、その疑問であったが。

そのあいま、あいまに、捕り方たちに周囲を取り囲まれたあのとき、「これをお使いなさい」と言って、猪牙舟をよこしたあの者の姿が脳裏をよぎっては、消えた。

その姿を見たのは、ほんの一瞬のことであったし、黒装束に身をかためていたために、その正体を見さだめることはできなかった。

──あれは何者だったろう？

まったく心当たりがない。

いずれにせよ、あれだけの数の捕り手のなかを突破し、若菜のまえに現れ、さらにまたそこから忽然と姿を消したのだから、ただ者であったはずはない。

川衆たちには、あらかじめ自分には近づくな、と伝書してあったし──もっとも殺しのかまのように平然とそれを無視する者もいないではなかったが──よしんば川衆であっても、あれだけの芸当を成し遂げられる者はそうそうはいないにちがいない。

──あいつは誰なんだ。

という疑問とともに、

──どうして、おれを助けたのか。

という疑問もある。

どちらの疑問も若菜のなかで空転するばかりで、容易に答えは出そうになかった。

豆腐屋の借間に戻ったときには、さすがに精も根も尽き果てた思いがした。

布団を敷くのがやっとで、寝着に着替えもせずに、そのままぶっ倒れた。

疲労困憊していた。

眠るというより、昏倒したといったほうがいいかもしれない。

ちぎれちぎれに夢を──

いや、悪夢を見た。

その悪夢の名は……

殺しのかま、といった。

かまが寝具の横にあぐらを掻いて、どんぶりを抱え、豆腐を食べている。

「おい、おまえ、何してる？」

「何してるって？　見りゃわかるだろ。豆腐を食べてるんだよ。ここ、便利だねえ。なにしろ、階段のうえからチョイ声をかければ、できたての豆腐をすぐにあつらえられるんだから」

「うむ、おれは豆腐がなによりの好物だから……いや、そうじゃなくて、おれが訊いてるのは、おまえがここで何をしてるのか、ということで」

「いいから、いいから、気にしないで」

「いや、おれは気にする。気にせずにいられるものか……」

そんな夢を見たように思う。

翌朝、目が覚めたときには、嘘のように体が軽くなっていた。

むくり、と布団のうえに起き上がり、しばらくぼんやりあぐらをかいて、窓から射し込む陽光を眺めていた。

どうやら朝らしい。

まぶしい日の光のなかに、ちゅん、ちゅん、とスズメの囀るのが聞こえた。

「妙な夢を見た……」

ぼんやり、つぶやいた。

そして、「ふ、ふ、ふ……」独り笑い。

いや、あれは何というか、じつにもって妙ちくりんな夢で……

手ぬぐいと、ふさ楊枝を持って、裏庭の井戸に向かった。

いい豆腐を作るのにはいい水が要る。この豆腐屋も裏庭にいい井戸を持っている。

「おはよう」

井戸の横で、やはりふさ楊枝を使っているかまが声をかけてきた。

黒羽二重の着流しに、紺の前掛け。

「ああ、おはよう」

若菜も挨拶を返し、井戸から水をくみ上げ、それで顔を洗おうとし、

「え？」

思わずつるべを落としてしまう。井戸の底で水音がした。

「おい、待て、こら――何で、おまえがここにいる？」

「何でって、ずっと一緒にいたじゃない。忘れちゃったの」

「あれは」若菜は何度も顔をこすった。「夢じゃなかったのか」

「夢じゃなかったのかって、あんた——まあ、いいじゃあないか」

かまは、ひゃっ、ひゃっ、と妙な笑い方をし、

「おれはあんたが気にいったって言ったろう？　あんたはおもしろい。しばらく一緒にいて、楽しませてもらうことにする」

「おれはすこしもおもしろくない、楽しくなんかない」

「いいから、いいから。豆腐屋には割り増しを払うから——ひゃっ、ひゃっ、ひゃっ」

かまは恐ろしいほどの、というか、いっそ馬鹿ばかしいほどの美貌を誇っている。どういうつもりなのか、まだ前髪立ち姿であるから、世にもまれなる美童という印象が強い。

そんなにも美しくて、そんなにも恐ろしいかまに、そんな妙な笑い方をされると、若菜としても、これにどう対処していいのか、わからなくなってしまう。

——おれはつまり死に神にとり憑かれたわけなのか。

そのとき、豆腐屋のおかみさんが裏庭まで若菜を呼びにこなければ、もうすこし押し問答がつづいたかもしれない。

おかみさんは何だか不審そうな顔つきでこう言った。

「吉原からあんたに迎えの駕籠が来てるよ。何でも矢部という人からの使いだそう

で、至急、吉原の『山口巴屋』においで願いたい、ってさ」

四

大門であしらえ駕籠を下り、徒歩で門をくぐれば。

すでに仲の町には、たそや行灯が灯り、そこかしこの店先からは、遊女たちのかき鳴らす三味線が陽気に流れ……

清掻の調べに、ふと視線をさまよわせれば、その目路の果て、仲の町の突きあたりの「水道尻」に、秋葉常灯明がある。

火の見櫓がはるかにそびえたつ……

「山口巴屋」は吉原でも有名な引手茶屋である。

「おお、来たか」

矢部は、その二階の小座敷で、ひとり手酌をしていた。

「晦日のうちに、おぬしを吉原に呼ぶと約束した。覚えておろう」

「はい、ですが、椹木さんがあのような奇禍に遭われたいまとなっては、それどころではなかろうかと――」

「うむ、椹木のことは聞いた。ただちに奉行所に人をつかわし、子細を調べさせた。

それで、重傷ではあるが、さいわい一命はとりとめそう、との報を受けた」

「おう、それは……」

「うむ、まずはよかった」

「はい」

「喜べ」

「はい、はい」

若菜は肯いたが、あの憎い椹木が一命をとりとめたことが、どうしてこれほどまでに嬉しいのかと、自分で自分の気持ちが訝(いぶか)しかった。

「わしはな、名を矢部定鎌(さだかね)という。奉行所の者ではない。人を介し、椹木に、とある事件の調査を依頼した。もとより椹木の有能さを見込んでのことではあったが——もともとムリな頼みであったかもしれぬ。椹木は聞き入れるのを渋った。それをわしは強引に押し切った——そういう経緯がある」

「はい」

「それがために、椹木はあのような災難にみまわれたのではないかと。内心、そのことに忸怩(じくじ)たる思いがないではないが……それも、お役目上のこととあらば、いたしかたのないことでな。それに」

「あのう、お待ちを」

「うん？」

「わたしは奉行所の同心といっても、しがない牢方役人にすぎません。あまり、立ち入ったお話はお聞きしたくありません。わたしの能にあまるし、正直、迷惑でもある。本音を言えば、あまり面倒なことに巻き込まれたくはないのです」

「ほう」

老人には若菜の言葉がひどく意外なものであったらしい。

いったん顔を遠ざけ、あらためてまじまじと若菜の顔を見つめると、ちょっと首を傾げたようであるが、すぐに膝を寄せてきて、

「のう、川瀬――あの椹木はな、そうは言っておらなんだ。妙に、おまえのことを買っているようであったよ。なぜだか、その理由までは申さなんだが」

「それは――失礼ながら、椹木さんの買いかぶりというもので……わたしはご覧のとおり、これだけの人間です。これといって取り柄のない人間でして」

「ふむ……そうかの。椹木はな、万が一の用心に、おぬしに、われらが敵たる者の名を内々に告げておいた、とわしに伝えた。こうなってみると、まさに椹木の予感が的中したわけではあるが――どうじゃ？　わしにもその敵たる者の名を教えてはくれぬか」

「敵たる者の名？　はて、わたしには何のことやら……恐れながら、わたしは椹木様

から内々に何かを伝えられた覚えなどありません。まるで心当たりのないことで」

「そんなはずはあるまい。あの椹木がわしにそんなでたらめを言う道理がない。あの男がそう申すからには、たしかにおぬしに何かを伝えたはずなのだ。思い出せ、これ、思い出さぬか、川瀬」

「そう申されても——やはりわたしには何の心当たりもなく……ただ、ただ困惑の一語に尽きますれば……」

若菜は卑屈に平伏した。

「おぬし」

一瞬、老人は刺すように鋭い視線で、若菜のことを見つめたが、にわかにそっぽを向くと、なるほど、これは椹木の買いかぶりであったか、と吐き捨てるようにそう言い、

「あの椹木をもってしても人を見あやまる、ということか」

「ご不興、ご不快をこうむられたようで、面目しだいもございません。なにとぞ、なにとぞお許しのほどを……」

「もうよい。それ以上の贅言(ぜいげん)は無用のこととせよ。聞きとうはない。しょせんは椹木の眼鏡ちがい、わしの眼鏡ちがいということであろう」

矢部は投げるように杯を膳に置くと、

「ふん、せっかく来たのじゃ。今日は遊んで帰るがよい」

両手を乱暴に打ち鳴らした。

両襖が、ぐわらり、と開き、
そこには紅(くれない)の百目蠟燭(ひゃくめろうそく)があかあかと灯され、その火あかりのもと――金糸、銀糸のぬいとり鮮やかなうちかけ姿の姫雪太夫と、その両側に居ながれる大見世の女郎衆があでやかに照らし出され。

芸者が三味線をひき、男衆が小太鼓を打ち、鉦(かね)を鳴らすなか――なにやら異形(いぎょう)のものがこちらの小座敷に、ピョン、ピョン、とおどり出た。

なにやら異形のもの……

いや、それは赤い長襦袢の裾を、足指をくるむように縛りあわせ、さらに羽織を頭からスッポリと下から上に被って、逆立ちをした、あのしゃちほこ姿の乱亭七八なので。

その足指の間に、朱塗り、細身の釣り竿が挟まれている。

片手一本で、畳のうえに逆立ちし、トン、トン、と跳ねながら、もう一本の手でふところから一枚の小判を取り出し、それを上向きに小座敷に投げ入れる、や否や――その足指に挟んだ釣り竿を、くるり、と器用に回して、見事に宙に舞う小判をあざやかに釣りあげた。

「おめでとうございます——金のしゃちほこがみんごと小判を釣りあげました」

しかし、いまの若菜には、そんな七八の芸などさらさら眼中にはない。

若菜は懸命に姫雪太夫の視線をとらえようとしていた。

しかし太夫の姿は、ただ百目蠟燭の明かりにまばゆいまでに照らされるばかりで、もとより彼女が何を見、何を考えているのか、知るよしもない。

その麗しい視線は謎で、その艶やかな表情もまた謎のままなのであった。

——姫雪太夫……

気がついてみると、すでに矢部は座敷にはおらず、目のまえには乱亭七八が座していて、

「あなた様にはたしか二十両のかけとりがございましたなあ」

若菜はそれを、ふん、と鼻で笑い、杯を口に運んで、

「あれはなかったことにしたい——あんたに相馬露齋なる者の正体を教えられるまでもない。およその見当はついた」

「いや、それは——この節季師走で、やつがれもいろいろと物入りでして。それをダメにされては、はなはだ迷惑しごく」

「何を言いやあがる。知ったことかよ。それだったら、はなから二十両などと吹っかけなければいいじゃあねえか。いやだ、いやだ、あの話はなかったことにして貰う」

「そう突っぱねられたのでは、一言もございませんが……じつはやつがれ、あなた様から二十両を頂戴したら、そのうちの十両なりと奮発し、姫雪太夫の玉の素肌を拝ませていただく所存でありました。それというのも――」

つかのま七八は言葉に迷うふうであったが、すぐに顔をあげると、

「お座敷で、お客様の持ち物をきれいに掏るのは、やつがれの得意芸。それが太夫の肌を傷つけたとの噂を残されては、太鼓の名がすたりますゆえ」

「知ったことか」

「それでは――こういたしませんか。やつがれとあなた様とで、せっかくのことに、その二十両を賭場のこまとし、一つ、賭けをするということでいかがでしょう」

「賭け？　どんな？」

「姫雪太夫を賭けて――二十両もあれば、まずは初会、裏、床入り、の支払いに足りましょうほどに」

「姫雪太夫を賭けて……」

すると、その場に居あわせた白襟紋付の、素敵にきれいな芸者が、一掻き、三味線を涼やかにかき鳴らし、

「そうじゃ、そうじゃ、よいことを思いついたわいなあ。それではお二方、キツネ拳で勝負なさってはいかがですか」

「キツネ拳だと──」

一瞬、若菜は鋭い視線を芸者に投げかけたが、彼女はそれに動じる色も見せずに、

「キツネ拳、またの名を藤八拳──この七八さんが、太鼓持ち藤八の名で、編み出した、お座敷遊びで」

「………」

「猟師（両の拳で銃を撃つしぐさをし）は狐（両手でキツネの耳を模して）に勝ち、狐は庄屋（膝に両拳を当てての庄屋の真似）に勝ち、庄屋は猟師に勝つ……ほほ、このじゃんけんで、見事、姫雪太夫をお勝ち取りになられてはいかが？　同じ手で、三度、つづけて勝ってはならない、というのが唯一の決まりごとで──ねえ、これでお二人、勝負をなさいましよ」

二人の返事を待たずに、芸者は陽気に三味線を奏ではじめて、男衆たちもそれにあわせて小太鼓、鉦を打ち鳴らしはじめる。

その三味の調べに乗って、

「は」

まずは両手を頭に当ててのキツネ。

「よ」

七八は両拳をかためての猟師に。

これは七八の勝ち――

「お」

「と」

またしても若菜はキツネ、七八は猟師で、これもまた七八の勝ちで。

「よいしょ」

「そらきた」

「どうじゃ」

「まだまだ」

五

吉原は、江戸にはめずらしい二階屋が建ち並ぶが、定法により、瓦屋根は許されず、板葺(いたぶ)き屋根に統一されている。

そんななかにあって、仲の町突きあたりにそびえる火の見櫓を載せた屋根だけは、例外的に瓦葺きを許されている。

その火の見櫓を仰ぐ大屋根のうえで、さえざえと澄みわたる寒月を背にし、二匹のキツネが身のこなし軽やかに、踊っている。

いや、これはキツネにあらず、延々と決着がつかないまま、「山口巴屋」の座敷からキツネ拳を持ち越した若菜と、七八の二人が、その大屋根のうえでも勝負をつづけているのだった。

「はっ」

「ほっ」

「やっ」

「それ」

そのかけ声のなかに、静かに若菜の声が流れて、

「あののみの英二が、どうして正面きった相手から、みすみす喉をかっ切られることになったのか――それは逆立ちしたおまえがその足の指先に挟んだカミソリでやってのけたことにちがいねえ。いかに英二が腕っこきであろうと、まさかのことに逆立ちした相手からそんなふうに仕掛けられようとは、思いもよらぬことであったろうから、よもやの不覚をとることになった。

それは椹木さんの場合も同じことで、あの道場には窓以外に外に通じるところはないから、どうあってもあの窓を通して、仕掛ける以外に殺しのすべはない。たしかに、あの窓の格子は狭くて、拳も入らないが、なに、針に薄いカミソリを仕込んで、釣り糸を跳ねさせれば、造作もないことだ。逆立ちをし、足指に竿を挟んで、カミソ

りを道場のなかに飛び込ませ、椹木さんの喉をかっさばいた。いかに椹木さんが達人であろうと、たまるものかよ。あとは釣り糸を引きあげれば、道場に刃物は残らねえ。

　ゲスの知恵はあとから湧きやがる――のみの英二が、黒手の市兵衛んところの若い者と揉めたとき、たしかにおれは、きゃつらが『陸だの、川だの、あれこれ嗅ぎまわりやがって』とわめいてるのを聞いてるんだ。はなから、英二は陸衆の関与を疑ってたのさ。それで、お座敷で掏摸の芸を披露する太鼓持ちのことを嗅ぎつけ、おまえのところにたどり着き、おまえが陸衆ではないか、と目串をさして、結局、殺された――」

「いつから、やつがれのことを陸衆と疑っていたので？」あのぞろりっぺとした七八とは別人のように凄みのある声で、「滅多に、人に正体を覚られるような愚かな振るまいはしないはずなのだが」

「なに、おまえが二十両を吹っかけたときにさ。いくら何でもあれは吹っかけすぎだったよ。ああ、これは二十両の金策に、仲間たちのところを駆けずりまわるのを見越してのことだと気がついた。そのうえで、おまえは、おれの仲間たちを一人ひとり仕留めていくはらなのにちがいない、ってね。だから、おれは仲間たちに当座、おれに近づいちゃならねえ、と伝書したのよ」

一瞬の沈黙を挟んで、またも七八が、

「おれの幇間名は乱亭七八、ときに藤八と名乗ることもある――が、実際には、七八と書いて、鯱と読ませる。知っておろうか。鯱は、獲物を仕留めるのに、けっして一頭ではかからぬ。かならず群れをもって仕留める。おれも同じことさ。誰を襲うのにも群れをもって成す」

それに呼応するように、闇のどこからか赤い火線が走った。火矢だ。何本も火矢が飛んできた。音をたてて、火の見櫓に突き刺さり、めらめらと燃えあがる……

その火明かりのなか、大屋根のうえに、わらわらと複数の人影が湧き出て、若菜を取りかこんだ。あるいは抜刀し、あるいは短槍をかまえていた。弓に矢をつがえている者もいた。いずれも黒い頭巾を被り、黒装束に身をかためていた。瞬時のうちに若菜を取り囲み、その輪を縮めようとした。

が、そのとき――

「そういうことなら、せっかくだから、おれも名乗っておこうか。おれは殺しのかまというんだよ」

ふいに大屋根のうえにあのあでやかな芸者の姿が浮かびあがると、

「自分でもいささか閉口するほどの、この滅法界に素敵なしゃっツラのおかげで、かまの意味を取り違えるオッチョコチョイが少なくないんだけどねえ。さにあらず、このかまはね。かまいたちのかま、かまなのさ」

　シュッ、と鋭い音を発し、光の旋風が闇に輪をえがいた。小鎌を先端につけた鎖が、数人の男たちの喉をかっさばき、血の虹を残し、あっというまに闇の彼方に消えていった。

「ここまでは、まあ、おれのお道楽のようなものなんだけどねえ。ここから先はそうはいかない。わか、その鯱という男はなかなかに手ごわいよ。おれが斃してやろうか。さすがにただというわけにはいかないが」

　それに対して若菜はただ一言、

「消えろ」

「ひゃっひゃっ、あんた、そればっかしだね。そう言わずにさ、まあ、いいじゃあないか、あのさ――」

「消えろ、消えろ……」

「ふふ……あいよ」

　かまの気配が闇に消えた。

　そのときにはもうすでに若菜の頭のなかにはかまの存在はなかった。

　彼の全神経は、ただ目前の鯱のみに向けられていた。また、そうしなければ、とても互角に戦える相手ではなかった。

鯱は、両足をあたかも両手のように使いこなし、その足指に挟んだ二枚のカミソリをもってして奔放自在に襲いかかる。

そればかりではなしに、体を支える両手を一瞬、地から放し、下から上へと、刃物を擦り上げることもする。

これは若菜が、いや、どんな剣士であろうと、いまだかつて体験したことのない異次元の相手としか言いようがない。

しかし――

若菜にはかわせみがある。

まさにかわせみのように軽やか、自在に空を翔け、地を擦って、水を走り、とどまるところを知らない。

そのクチバシは、あざやかに獲物をさらい、するどく敵を切り裂く。

強靭で、しなやかだ。

若菜にとって鯱が未知の敵であるのと同様に、鯱にとっても若菜のかわせみは未知の剣であるはずだった。

その意味では、まさに二人は互角。

鯱もそれを知っていればこそ、うかつには挑んではこれずにいるのだろう。

燃え上がる炎に照らされながら……

二人は塑像のように凝固し、容易に動こうとしない。

ただ息詰まる時間だけがいたずらに過ぎていった。

が——

火の見櫓が燃え落ちようとしたとたん、
勝負が動いた。

ふいに鯱の姿がしゃちほこのように跳ねあがると、その真っ赤な長襦袢が生あるもののように、ふわりと空に舞いあがり。

若菜の視界を真っ赤にふさいだ。

——目くらまし。

若菜は屋根を蹴る。

そのかわせみが、襦袢を切り裂くべく、宙に軽やかに飛翔し、どこまでも、どこまでも伸びていき。

それと同時に、鯱の両足も空（くう）を滑らかに旋回し、そのカミソリが若菜に向かって獰猛に牙を剝いた。

交叉し、激突する二人を、轟然（ごうぜん）たる炎と煙が一気に覆い隠してしまう。

吉原を描いた図絵には、その奥手に火の見櫓が描かれているものがあるが、天保以降、それが消えてしまった。

火災に遭ったものと見なされるが、どうして火の見櫓だけが消失することになったのか、それを詳細にするだけの資料は、いまだ発見されてはいない……

第五話　死が二人を分かつまで

どことも知れぬ闇のなか……

ほのかに漂う梅の香(こう)。

そこに煙管の火がともり、
赤らんでは、闇に沈み……沈んでは、また赤らんで……

殺しのかまの美貌を明滅させた。

前髪立ちの、すっきりとした細おもて……その目を恐ろしいまで冷ややかに澄みわたらせ……

黒羽二重の着流し、その襟もとから紫綸子(りんず)の裏をちらちら覗かせ、銀延べの煙管をくゆらせる。

さるを外す音、雨戸がわずかに開かれ、一筋の明かりが庭に洩れる。

その明かりが、紅梅、白梅をほんのり照らし出し、その裾に立つかまの姿を、梅の精のように浮かびあがらせる。

雨戸の隙間から低い声が聞こえ、

「ええ、ええ、仰せのままに――たしかに阿片窟を見てきました。おっしゃるとおり、この世の生き地獄、いや、もう、お話にもならないひどさだが……あえて申しあげれば、あっしには何のかかわりもないこと、だからってどうということはない。鼻をつまんで、ただ通り過ぎれば、それで済むことで」

それに応じて、かまが言う。

また雨戸のかげから誰かが何か言い、かまはかすかに笑って、

「いえ、やらないとは申しません。買いかぶっちゃあいけない、しょせんは、金ずくで人様をあやめる殺し屋稼業――裏も表もありゃあしない。殺す相手が悪人だろうが、善人だろうが、それでどうこうあやをつけるようなヤボは申しません。ただ、礼金の折り合いさえつけばそれでいい……はい、はい、さようで。それで結構、やらせていただきます。それで――殺す相手は、どんな野郎で」

ふわり、と風が吹き、一瞬、紅梅、白梅が花を揺らしたと見るや、いなや――

もうそこにかまの姿はない。

一

ここは地の果て、江戸の果て、深川の果つるところ。

その名も荒涼たる響きの——

十万坪。

西は木場の掘割、東は砂村新田、北は小名木川にのぞんで、はるか彼方の亀戸村には五百羅漢を擁する寺があるのだという。

いたずらに田地空き地がひろがるばかりで、ただもう茫々と枯れ草に覆われ、目路の達するかぎり人家の一軒とてない。

いてついた空には、鋭く研ぎすました鎌のような月が細くかかって、この平蕪を冷えびえと一枚の盆のように浮かび上がらせている。

ここに——これはおそらく行徳あたりから流れ来ているのであろう——深い草に覆われ、なかば忘れ去られたような一筋の細い水路があって。

その水路に一艘の舟影が見え、
徐々にこちらに近づいてきた……

櫓を漕ぐのは、裾みじかの刺子を着て、この寒空にすねを剝きだし、脚絆、草鞋で足元をかためた大男——

川衆、いざよいの丑で。

だとすれば、その後ろに、片膝たてて、片あぐら、わきに刀を立てての、着流し姿の浪人は、いわずと知れた川瀬若菜であるはずなので。
ふしぎなほど静かなのは、もちろん二人が沈黙し、一言も言葉を交わしていないか
らでもあろうが。
それ以外に――ありうることか、丑の漕ぐ櫓がまるで何の音も発していないことも
あるだろう。
これもまた川衆のふしぎな妙技、秘術であるのか、彼らはその気になれば、水音一
つたてずに舟を水路に進めることができるのだった。
実際、水に差し入れ、水を返すその櫓先に、月光がしぶきとなって散らなければ、
舟がしかと進んでいるものと見さだめるのさえ難しかろう。
舟は無音のまま、水すましのように進み行き、とんとこれでは夢みるようで……
が、音をたてずに櫓を漕ぐのは、これでなかなか骨が折れるもののようで、怪力、
巨漢の丑が――さすがに息を荒げてまではいないものの――そのぶ厚い胸郭を大きく
上下させているのだった。
そうまで苦労して、櫓を無音にさせているのには理由がある。
船尾で、片膝立ちの若菜が、かわせみをスッと水面に滑り入れると、その鐺（こじり）にて一
枚の水草を引きあげ、ぴっ、ぴっ、と水を切り、それを右耳に当てる。
これもやはり川衆の妙技、秘術なので、

こうするとふしぎに遠く離れたところの物音が聞こえるのだった。

いま、かすかに聞こえるのは、

――へい、ほ、へい、ほ……

四人の陸尺たちのかけ声で。

茫々たる草やぶごし、かすめるように棒先提灯の明かりを奔らせるあれを、どうして見あやまることがあるものか。

あれはたしかに灰かぐらの茂平の吉原装甲駕籠であって――

それを水路からひそかに尾行するには、櫓の音をたててもいけないし、そのかけ声、物音をできるかぎり洩らさずに聞き取る必要があるのだった。

しかし……

とある気配を感じ取って、若菜が、これも水路に浮かんでいた菱の実を拾い、それを前方の丑の腰に投げる。

――舟をとめろ。

という合図で、丑は、櫓を無音のままに水から抜き取って、ソッとわきに置き、ひっそりと舳先に身を沈める。

そのまま舟は闇にまぎれ、草に隠れて、見えなくなってしまう……

二

三人の武士が装甲駕籠のまえに立ちはだかっている。

黒の鉢巻き、黒のたすき、黒のたっつけ袴……いずれも全身に、凄まじいばかりの殺気をみなぎらせ、月光を断ち截(き)らんばかり。すでに抜き身だ。

装甲駕籠は陸尺四人の四枚肩、華やかな長棒駕籠であるが、すでに危難を恐れ、陸尺たちの姿は駕籠の近傍にはない。

駕籠のなかから茂平の声が聞こえ、

「くせ者、名乗りおれい、と申しあげたところで、まさかのことに、ふふ、名乗ってはいただけますまいなぁ」

「………」

「お察しするに、わたくしが此の十七日、かそう亭にて、貴藩・ご重役、錘木(つむき)三郎左(さぶろうざ)衛門(えもん)様にお会いするお約束になっているのが、お気に召さない、面倒なことを決められてしまうまえに、いっそ、わたくしを亡き者にしてしまえとの、ふふ、悪巧み……いや、いけませんなあ。お気持ちはわからぬでもないが、わたくしにとっては、とんだとばっちりで。迷惑千万な話であることに変わりはない」

かすかに笑いを含みつつ、

「貴藩におかれましては、とりあえず藩内にて、幕府倒すべし、との衆議一決は見たものの、ただちに決起すべしとの強硬派──すなわちわたくしにくみするお方たち──と、いまだ時期尚早であって軽挙妄動はつつしむべしとの慎重派──つまりあなた方ですな──との間での対立が起こった。その対立は激しさを増し、とどまるところを知らず、ついにはおさだまりの仲間割れ……あなたがた慎重派は、かくなれば実力行使もやむなし、の判断にと至った──」

三人の武士は終始、無言のまま、装甲駕籠に対して、奇妙としか言いようのない陣容をとった。

つまり縦一直線に並んだのであって、いずれも八相のかまえをとり、それも鍔元(つばもと)が、肩先まで下がる、きわめて低い、独特の八相で──

しかし、茂平はいっこうに臆する様子もなしに、

「その実力行使の内容たるや、それがまあ、あろうことか、わたくしめを誅殺(ちゅうさつ)することで……ふふ、お侍の悪いくせ。すぐに真冬の火桶のように熱くなる。しかし、悪いことは申しません。おやめなさい、おやめなさい、わたくし一人を倒したところで、何がどうなるものですか。それに第一──」

含み笑いが、はっきりと声に出しての笑いに変わり、

「あなた方にはわたしを殺せない」

カタン、と乾いた音がして、戸の一ヵ所に穴が開き、そこからふところ鉄砲の銃口が覗いた。

棒先提灯の明かりに、その銃口が光ったはずで、ただでさえ動体視力に優れた剣士たちに、それが見えないはずはない。

が、自分たちに銃口が擬せられても、三人の剣士たちにはそれに動じる色はない。

それどころか——

先頭の剣士の口から、きぇえぇーっ、と怪鳥のような声が発せられた。

八相のかまえのまま、地を払い、風を切って、駕籠に奔った。

残りの二人もそれに倣う。

一本の糸で繋がれ、引かれるように、三人の陣容は、縦一直線のまま、まったく崩れない。

見事に連携をなし——

まるで三人で一匹の獣ででもあるかのように月の光のなかを疾駆する。

短銃が火を噴いた。

銃声と同時に、茂平の笑い声が聞こえたかのように感じられたのは、幻聴であろうか。

撃たれたのは胸か、腹か。

ガクン、と剣士の走行が鈍ったが、それもほんの一瞬のことで、何のこれしき、と一声発するやいなや、あいかわらず跳ぶように奔りつづける。

二発、三発、たてつづけに銃声が闇をつんざき、弾丸はいずれも先頭の剣士に命中したはずなのに——

それには体を揺るがせもせず、勢いさえ落とさずに、そのまま、ただひたすらに駕籠に向かって突進し、

「ちぇええええーい」

体の外側から、刀をひねり打ちに打ち下ろし、その回転力で加速をつけながらも、最後の瞬間に、正確に刃筋を戻し——

ざくり、と駕籠に斬りつけた。

銃声、二発！

「チェイスト！」

至近距離からの銃撃は、これまでにも増して、深刻な痛手を剣士にもたらしたはずであるが——

その剣風さらに衰えることなく、敏速に八相にかまえを戻し、三颯、四颯、と正確に同じ軌跡をえがいて、駕籠を斬って、斬って、斬りつける。

驚くべし――

さしもの装甲駕籠の屋根が、同じところを斬りつけられたがために、なまなましい疵あとをしらじらとさらした。

六連発の最後の一発が火を噴いて、

「むふう……」

さしもの不死身の剣士がその場にくずおれる。
一、二度、痙攣したのみで、すぐに動かなくなってしまう。
が、その月に照らされた死に顔には、使命を果たして逝った剣士の満足の笑みがありありと刻まれていた。

「きぇええええい」

二番手の剣士の喉から恐ろしい奇声が発せられる。

同じ八相のかまえから、正確に同じ剣速を刻み、同じ太刀筋を残して、剣が振り下ろされる。

三人の剣士たちの大胆不敵の戦法は、いかに相手が装甲駕籠であろうとも、いや、そうであればなおさらのこと――臆さず、容赦なく、それに真っ向から斬り込む、というものであった。

もとより同輩、あるいはおのれが死することになるのは、承知のうえでのこと。

すなわち、彼らの豪放にして正確なる撃剣をもってすれば――しかもそれらを正確に同じ部位に何度も斬り込めば――装甲駕籠であろうとも、いずれは破損され、彼らのうち、誰か生き残ったものの剣尖が、なかにいる茂平に届きもしよう、という戦法で。

ある意味、単純にして、杜撰、それだけに恐ろしいまでの破壊力を装甲駕籠にもたらし、事実として、その屋根に確かに疵を刻んだのであったが。

ふいに闇のなか、月光を集めるように、閃光が走り――

「げふ……」

その閃光が見る間に朱に染まると、頸から血の尾を曳きながら、二番手の剣士がもろくもくずおれていった。

血刀を下げ、その横に立って、死骸を見下ろしているのは、ほかならぬ灰かぐらの茂平で――

三番手の剣士に視線を転じると、うっそりと笑う。

「てぇ！　な、なぜに、きさま、駕籠にいるはずでは――さては駕籠抜けか」

三番手の剣士は、混乱しながらも、さすがに熟達の士で、反射的に刀を八相に振りかざし、気合いを放とうとしたが。

「ああ……」

その声から息が洩れ、力が抜けて、それも道理——

その胸から血にまみれた槍の穂先が突き出しているのだった。

三番手の剣士は、おのが胸から飛び出した槍の穂先を、驚愕の表情で見下ろしていたが、くい、と槍にひねりが加えられ、穂が引き抜かれるやいなや——

支えを失った案山子のようにヘナヘナとくずおれてしまう。

あとに血の一飛沫が残されたが、それもすぐに消え……

そこに短槍をかまえ、立っているのもやはり灰かぐらの茂平で——

刀剣を提げている茂平と顔を見あわせ、たがいにニヤリと笑いを交わしあう。

「やれ、やれ、とんでもない汗をかかせやがる……」

駕籠のなかからのっそり現れたのも、やはり茂平で、ふところに短銃を戻しながら
——これもまた、ほか二人の茂平と、にんまり笑いあう。

その笑いに、月光が千々に乱れ、どちらかというといつもは温容といっていい茂平たちの顔が、物凄いまでの悪相、妖怪めいた容貌にとって代わられる。

それを遠目に見て、いまにもおどろきの声が洩れそうになるのを、かろうじてこらえつつ、

——茂平は三人いる。

若菜は頭のなかでそう呻き声をあげたのだった。

――しかも、その三人が、いずれ劣らぬ遣い手ときやがる……

三

歳を越し、松があけた。

ここは、両国広小路――

その一角にある、葦簀張り、さしかけ小屋、吹き矢でからくり的を当てる遊び場。

キツネの的を当てれば、キツネの人形が下りてきて、お隣りの庄屋の的が上に引っ込んでしまう。

庄屋の的を当てれば、庄屋の人形が下りてきて、猟師の的が引っ込んでしまう。

猟師の的を当てれば、猟師の人形が下りてはくるが、今度はキツネの的が引っ込んでしまう。

その他、あれこれ、煩雑な決まり事があるのだが、とどのつまり――

一回の遊戯で、三個の人形すべて獲るのは至難のわざ、子供たちは人形欲しさに、二回、三回、と遊戯を重ね、ついお年玉を使いはたしてしまう仕組み。

料金は一文なり、吹き矢の矢は三本。

筒は箱のなかのどれを選んで使ってもいい。

いまも、六歳ぐらいの子供が一人、必死の形相で、吹き矢の筒に口を当てている。

見れば、その汚いがま口は空っぽで、どうやらこれも三個の人形欲しさに、お年玉を使い果たしたクチらしい。

いまさら後には退けぬ、と子供ながらに不退転の決意で、最後の勝負に挑んだのだろうが。

そのいまにも泣き出しそうな顔を見れば、今度も負け戦と、はなから決まった様子、逆転の望みはいかにも薄そう。

と――

「どれ、おれに貸してみろ。おれが人形をみんな獲ってやる」

後ろから声が聞こえ、スッ、と吹き矢の筒を取り上げた。

これが浪人姿の若菜で、抗議しようとした子供は、彼が三本の筒を同時にくわえ、それぞれに吹き矢を入れるのを見て、その声を喉に引っ込めた。

「おじさん……」

三本の筒の角度を慎重に調整し、ぴたり、とかたを決め、するどく狙いをさだめるのを見れば、いやがうえにも期待は高まろうというもので。

子供が固唾(かたず)をのんで見つめるなか、

「ぷっ」

三本の矢を同時に吹いた。

「あ、当たった、当たった――」

たしかに、三本の矢はどれも的に当たったが――

三体の人形はいずれも下りてこずに、逆にぜんぶ上に引っ込んでしまう。

「ふん、ダメか」

若菜は三本の筒を箱に戻し、その場を離れた。

「やはり三つの的を同時に射とめるのはむずかしいということか」

背後から、子供が、バカ野郎、カネ返せ、と泣き声をあげ、ドロ草履を投げつけてきたが、それを、ヒョイ、と無意識のうちに避けながら。

――いかにすれば三人の茂平を倒すことができるか。

しきりにそれを考え込む若菜であった。

大橋を渡れば、そこは向両国で。

向両国には、葦簀張り、板囲いの見世物小屋がズラリと構えを並べ、呼び込みの声も新年の春めいて、めでたく、賑やかしい。

とりわけ、暮れから正月にかけての呼び物は、まだ十六歳の若さながら、すでにして機関人形の名人とうたわれるもんもんの出し物で。

両国の一隅に、一円、板屋根に造作した小屋をしつらえ、木戸口をかまえるのだが、その木戸番にしてからが、すでに丈十寸（三十センチ）ばかりのからくり人形という、バカな凝りよう。

木戸をくぐれば、そこに軽業の舞台がひらけ、はやし方も人形ならば、扇子を持って歩み出す「口上言い」も人形、もとより軽業師の少女も人形なので、これが跳んだりはねたり、くるくる廻ったりの、目を奪わんばかりの芸当を見せる。

あれよあれよ、と見入っているうち、いつしか軽業の舞台がどんでん返しに引き込んで、さらに、その奥に本物の軽業舞台がせり上がるというご趣向。

「ネコは七たび、生きかわり、死にかわると申します。ここにて芸をご披露する香箱太夫は、生まれついてのネコの性にて、七たび生きかわるばかりか、怪しや、七変化をもいたします。おこうさん、出番だよ、さ、さ、皆みなさまに、ご挨拶、ご挨拶」

「あい、あい」

どこからかパッと舞台に現れ出でたるは、見るからに可憐そうな島田、振り袖姿の、町娘で。それが――

クルリと、とんぼを切れば、それでもう串巻き髪に、縞の羽織の、あだな常磐津の師匠に早変わり。

お姫さまから、尼御前、花魁、はては前髪立ち、大袖の色小姓まで、くるくると早変わりの芸をあざやかに披露して、その華やかさは、見る者をして飽きさせない。

からくり人形とあいまって、たいそうな評判を呼び、連日、押すなおすな、の大盛況なので。

それも道理。

香箱太夫は七化けのおこう。

もんもんは、刺青（いれずみ）のくりからもんもんを悪くしゃれてのからくりもんもん、いつしか上が取れての、ただのもんもん。

いずれも川衆の精鋭たち。

この日、十六日の朝——

若菜は両国に彼らを訪ねたのだった。

しょせんは両国の見世物小屋、舞台はそれなりに華やかでも、裏にまわれば、じつに殺風景なもので——

左右に荒むしろを垂らし、いたるところに綱を張り、そこに脱ぎ捨ての衣装や浴衣を吊している。

が、今朝、いつもの楽屋裏とは、多少、おもむきを異にしているのは——これはたぶん、もんもんがからくりに使うためのものなのだろう——鏡板（ぎやまん）が何枚も土間に並べられていることであった。

若菜はそれらのまえに立ち、鏡に見入っていた。

鏡の一枚に映し出された自分の姿が、べつの鏡に反射され、それがまたべつの鏡に映って、まるで何人もの若菜がそこに存在しているかのようだった。

こころみに手足を動かしてみれば、それら複数の若菜もまた一斉に動いて、まるで、そう……

――まるで、あれら三人茂平を見ているかのようだ。

若菜は目を細め、ジッ、とおのれの何人もの鏡像に見入るのだった。

おこうが楽屋に戻ってきて、自分の鏡台のまえ、むしろの上にすわると、顔をなおしながら、

「いらっしゃい、わか――わかがここに来たということは……当分、わかに近づくな、というあのお達しは、もう終わったということなのかしら」

「ああ、そういうことだ。心配をかけた。すまなかったな」

「あいよ」

「ところで、おこう――おまえは乱亭七八を知ってるか」

「男芸者の？」

「うん」

「知ってるよ。お座敷で、二、三度、一緒になったことがある」

「おまえの七化けの術で、おれを七八に化けさせることはできるだろうか。火傷を負ったということで、顔を包帯で隠したうえでのことなのだが」

「わかを七八に？」

おこうはチラリと若菜を見て、うん、できるよ、とあっさり言う。

「できるのか」

むしろ若菜のほうがあまりにあっさりとおこうが肯定したことに焦ったようだ。

「わかと七八とは背格好が似ている。顔を火傷したというなら、当然、喉も痛めているはずだから、多少、声が変わっても不自然ではないし……七八は、太鼓持ちだから、万事、所作が芝居がかって大げさだ。わかは勘がいいから、真似るのはむずかしいことじゃないよ。それで──いつまでに仕上げればいい」

「今夜までに」

「はは、今夜までに、か」

おこうは真鍮の安煙管を取り、その雁首（がんくび）で煙草盆を膝元に引き寄せた。一服ふかし、ポンとそれを軽やかに打ち鳴らして、

「そいつぁ、ぬしさん、いくら何でもムリなご注文……」

四

その夜、若菜は、おこう、もんもんを引きつれ、丑に漕がせる舟に乗って、ふたたび十万坪に舞い戻った。

あいかわらず櫓の音はしないが、今夜はヒソヒソと若菜の声がする。

「ここに、矢部定鎌という得体の知れない、妙ちくりんな爺ぃがいると思いねえな」

「なに、そのお爺さん、どう得体が知れないの？　何者なわけ」

「それがてんで見当がつかねえ。なにしろ正体の知れない爺ぃなのさ」

「矢部定鎌？」

「どうした、もんもん、なにか心当たりがあるのか」

「いえ、聞いたことがあるような気がしたのですが……思い出せません」

「そうかえ、それじゃ仕方がねえ――思い出したら、教えてくれ」

「はい」

「その矢部定鎌が、だ。あの槵木采女が、このおれにひそかに敵なる者の名を告げたと言いやがったが――何のことやら、おれにはとんと覚えがない。さあ、何のことか、と考えあぐねているうちに、ああ、そうか、焼き芋のことか、と膝を打った。どういうものか、椹木の野郎、何かというと、おれに焼き芋をふるまいたがりやがる。つまりは焼き芋、さつま芋、そのさつまがあやなので」

「敵は、薩摩――」

とこれは若い、まだ少年めいたあどけなささえ残したもんもんがつぶやいた。

「色町ではヤボと嫌われる一番手」

とおこうがクスリと笑う。

このころの人は、ネコがうずくまっている姿を、ネコが香箱を抱いている、と素敵に表現したが、おこうのこうがすなわちそれで、香箱のこう。

「ふん、とんだ判じ物さ。どうやら薩摩に、陸衆がひっついて、何事かたくらんでいるらしい、そのついでに、陸者の宿敵たる、おれら川者も片づけてしまおう、という算段と見た。灰かぐらの茂平は、陸者の棟梁の一人――ふん、同じ棟梁でもおれとはメダカとクジラの大違い。大物さね。その茂平と、柳橋の『万八楼』で会合をしていた、どこやらの大藩――いまにして思えばあれが薩摩――の重役らしい侍のあとをつけたと思え」

「あいよ、思った」

「はい、思いました」

「うう……」

最後のこれは、丑で、どういうものか今夜の丑は、背中に一斗樽を背負いながら、櫓を漕いでいる。

「これが錘木三郎左衛門という、まさに薩摩藩の大物にして、『蘇鉄喰い』と呼ばれる薩摩・忍び衆の頭領をも兼ねた御仁で――ときに自分も、御殿医まがいに変装し、相馬露斎という名で、あれこれ画策するという、怖いお人。このときも夜闇のなかに、護衛の侍たちのとんでもない殺気が横溢し、いや、顔も向けられないほどの凄まじさ。おれは泡を吹いて遁走つかまつった」

「嘘でしょ」

「何の、嘘でなどあるもんか――この爛熟の天保のご時世に、あれほどまでに荒々しい武士が、いったい、どこの畑で取れるべえ、と首を傾げたが……薩摩と聞けば、ああ、そうか、と首肯もさせられる。噂に聞いた一撃必殺の薩摩示現流。『蘇鉄喰い』――縮めて蘇鉄衆――にはその遣い手が揃っていると聞いた。そうであれば、あれぐらいの殺気を放ってもふしぎはない。現に、おれは、灰かぐらの茂平を、三人の蘇鉄衆――示現流の剣士――が襲うのを目のあたりにしたのだが。いや、これが噂にたがわぬもの凄さでな」

「シッ」

と丑が櫓を漕ぐ手をとめて、若菜の話を制し、一瞬、二瞬、闇を透かし見るようであったが、やがて、何でもねえ、と言い、ふたたび櫓を漕ぎはじめる。

「丑さん、魚が跳ねたのかえ」

「なに、キツネか、カワウソだろう」

あいかわらず櫓の音はたてない。

舳先のぶら提灯にも火は入っていないが、川衆の四人は、川の水あかりさえあればそれで十分で、明かりは要らない。

「相手が薩摩とわかれば、あとの探索はたやすい。薩摩・下屋敷の中間、折助、陸尺にまぎれ込んで、あれやこれや探りを入れ、これだけのことがわかった」

と、また若菜が、

「もともと薩摩は幕府と折り合いが悪く、何かというと牙を剝くお家柄。十五年ほどまえ、なにかと評判の悪い『異国船打ち払い令』が出されたが、異国船にしてみりゃ、幕府の事情など知ったことかよ、おかまいなしに近海に出没おでましになる。勇ましく『打ち払い令』を出してはみたものの、幕府としては、異国の強力なことを知っているから、むげに追い払うこともできねえ。何とはなしに見て見ぬふりをしつづけた」

「おやおや、幕府もあんがいに尻っ腰のないこと」

「幕府ばかりも責められねえ。なにしろ相手が悪すぎるのさ」

「異国の船の大砲はたいそうな威力だと聞きました」

「うむ、そうらしい。さて、ここに『ワージントウ号』という異国の捕鯨船がある――もともと薩摩は抜け荷が裏のお家芸、異国との交渉に長けている。『ワージントウ号』船長のロディ・ヘイドンと話をつけて、大量の鉄砲、大砲、それに阿片を、上海経由で、大量に仕入れることを決めた」

「阿片を？」

「うむ、鉄砲、大砲はともかく、阿片は江戸市中に売りさばく腹らしい。それで――どうして、そんな手間をかけることになったのか、詳しい事情まではわからねえが、その割り符だか、詳しい取引の日時、場所などを記した覚え書きだかを、指輪に仕込んで、姫雪太夫への贈り物とした。もともと錘木三郎左衛門が御殿医・相馬露齋をかたって、ロディ・ヘイドンを招待し、姫雪太夫と宴を張ったのは、これすべて幕府の目をくらますための小刀細工であったわけなのだろうが」

「ほほ、何にせよ、やりすぎは禁物ということ」

「たしかにそのとおり――忍びの元締めだけあって、悪く凝りすぎよ。とりあえず姫雪太夫に指輪を渡しておけば、あとでそれを取り返すのなど造作もないこと、とたかをくったのだろうが――どっこい、姫雪太夫がそれを小袋にしまって、肌身はなさず持ち歩く、という面倒な仕儀になってしまった。しょうことなしに、陸衆の精鋭で、掏摸を得意の座敷芸とする太鼓持ちの鯱を使って、それを掏らせることとあいなった。ところが」

おこうがあとを引き継いで、

「姫雪太夫の胸にかすかに刃物のあとを残すという失態をおかしてしまった。それさえなければ、姫雪太夫にしても、どこかに指輪を落としたものとあきらめ、ああまでの——奉行所の役人を頼んでまでの騒ぎにならなかったものを……だけど、わか、あたしにはわからないよ。あたしは乱亭七八のことを——もちろん陸衆としてではなしに、太鼓としてだけど——よく知ってるが、あいつの芸は正真正銘、本物だよ」

「うむ……」

「そんな、掏り取る相手の肌に、うっすらにせよ傷を残すなど、中途半端な芸を見せる男じゃない。どうも、そこんところが、いま一つ、わたしには解せないんだけどねえ」

「それはおれもご同様さ。何だか腑に落ちねえ。ストン、と腹に落ちかねるところじゃあるんだが……まあ、弘法も筆の誤り、ということにしておこうか。それで、おれは——『ワージントウ号』に積まれて、上海から運ばれてくるその大量の鉄砲、大砲をそっくり頂戴することにした。阿片は——まあ、どうするかわからねえ。そのときに考えよう。いずれにせよ、これだけ陸衆にコケにされたんだ。それぐらいのことをやらかさなきゃ、腹のムシがおさまらねえ」

「しかし、わか、それは口で言うほどかんたんなことじゃないんじゃないですか。なにしろ、相手はあの」

「そうさ、あの陸衆、それに薩摩――その鼻さきをかすめて、トンビが油揚げをさらうというわけだが、これは考えるだに大仕事――なにしろ捕鯨船を一隻、丸まるいただこうというのだから、ほとんど不可能といってもいい任務。なに、七化けのおこう、いざよいの丑、もんもん、それにおれと――これだけ役者がそろっているんだ、やってやれねえことはねえだろう。もとをただせば、おれたちは素性正しき泥棒様で、ここらで正業に戻らなきゃ、先祖の五右衛門に顔向けできねえ。おれの間借りの豆腐屋じゃねえが、ここは一丁、やっつけべえよ」

「わかのまえだが、どうも一枚、二枚、こまが足りない気がする。丑さんや、もんもんには申しわけないけど、あたしを含めて、それだけの大仕事をしてのけるには、すこし貫目が足りないんじゃないか。怖いやつだけど、あいつ――殺しのかいかまはどうなのさ。あいつは仲間に入れないのかえ」

「下手にかまとはかかずりあいにならないほうがいいと思うけどなあ」もんもんが肩をすぼめるようにして言う。「ぼくはあの人が、心底、恐ろしい」

もんもんは十歳で長崎に留学した神童だが、どういうものか長崎から帰って以来、自分のことを「ぼく」と言う。聞き慣れない言葉で、聞けば妙にくすぐったいが、それもいつしか慣れた。

「今朝、目を覚ましたら、かまの姿がなかった。枕元に盥が置かれ、きれいに水が張られて、豆腐が二丁、それに小皿に薬味が盛られていた。何を考えているのやら、馬鹿ばかしい、かまの恩返し、ときやがった。どこに消えたのか行方が知れねえ」

若菜は口ではそう忌々しげに言いはしたが、しかし朝起きて、そこにいるはずのかまがもうそこにいない、と知ったときの、あの言い知れぬ淋しさは、自分でもよく説明のつかないものだった。

あの、きれいな水を張った盥のなかの二丁の豆腐が、自分へのかまからの一種の餞別だと気がついたとき、何かふしぎな喪失感のようなものを覚えた。

そのために、あれほど豆腐が大好物の若菜が、その二丁の豆腐にだけは手をつける気になれなかった。

――何をバカな……たかが殺しのかまじゃないか。

そう自笑しようとしたが、その笑いがこわばるのが自分でもわかった。

「心配するがものはない。いずれ帰ってこようよ」

「冗談じゃねえ。脅かすなよ。帰ってこられてたまるか。できれば、このままお役ごめんに願いたい。死に神にとり憑かれたままじゃ、好物の豆腐もろくに味がしやがらねえ、生きた心地がしないのさ」

「大量の鉄砲、大砲をいただくのはいいとして、まさかのことに、わたしたちがそれをそのまま頂戴しっぱなし、というわけにはいかないだろう。買い主、引き取り手の当てはあるのかえ」

「あるにはあるが……おれがそいつのまえに素顔をさらすわけにはいかねえ。そこんところをどうするか……ふふ、思案のしどころさね」

若菜があごを撫でたとき、ごつん、と鈍い音がして、小舟が雁木に当たった。

「かいそうに着いた」

丑がいつものうっそりとした口調で言った。

五

夏に痩せる――

と書いて、夏痩(かそう)、と読ませる。

十万坪でもとりわけ奥深いところにあり、人は絶えて足を踏み入れたことのない場所だ、と聞いた。

ススキ、雑草、笹竹などが、人より丈高に茫々と生い茂り、四周、視線をさえぎって、壁のようにぶ厚に立ちはだかる。

洲のような湿地帯、ただもう潟ともつかず、陸ともつかず――

たしかに舟は、なかば朽ちかけた桟橋に横付けにはなったが、この先に陸があるのかどうかさえ定かには見えない。

そのようなところ……

ほんとうに、と尋ねたおこうの声が懐疑の響きを帯びたのもムリはない。

「ここらで、灰かぐらの茂平の駕籠が消えたのかえ」

「うむ、間違いねえ」

めったに口をきかない丑がこのときばかりは重々しく肯いて、

「このあたりまではたしかに舟は駕籠のあとをつけてきたのだ。それがここに来てフッと消え失せた」

「それに――」

とこれは若菜が横から口を添え、

「茂平は、此の十七日、かいそう亭にて、薩摩の重役、錘木なにがし、と会う約束になっていると刺客にそう告げた。かそう亭が何であるかは知らぬが、おれはそれをたしかにこの耳で聞いたよ」

「ということは」

「ああ、ということは——このあたりに、陸衆の隠れ家がある、ということだ。その、かそう亭とかが、さ。隠れ家なんだろう」

若菜は肯いて、

「陸衆の頭領たちが、薩摩の重役と対面し、いったい何を談合するのか、おれは何としてもそれを知りたい。それには何がどうあっても、陸衆の隠れ家がこの夏痩のどこにあるのかを突きとめ、そこに忍び込む必要があるのだ。それにもう一つ、陸衆にはやたらに隠れ家が多い。できるうちに、そいつを一つでも潰しておきたい。よしか。おまえたちにはその手助けをして貰いたい」

「だからといって、わか、そのいでたちは——」

おこうがそう言いかけたとき、月が雲から出て、夏痩がわずかに明るさを増した。

その明かりのなかに浮かびあがった若菜の姿は——

ぞろりとした派手な長着のうらに、赤い襦袢を覗かせ、これも紅鼻緒の派手な草履を履いて、腰には白鞘の脇指を佩いている。

これは乱亭七八！

あの幇間の鯱であろうか、と目を疑い、思わずその視線を顔へと移動させせれば——

顔には、目だけを残し、包帯がぐるぐる巻きにされている。その容貌をさだかに見ることはできない。

「ほんとうに大丈夫なんだろうね。ほんとうに鯱は死んだんだろうね」

「ああ、うけあい間違いない。幾体か見つかった吉原・火の見櫓の焼死体のなかに、べらぼうに足の親指の大きいのが一人混じっていた。あれが鯱であるに相違ない」

「でも……」

「大丈夫だ」おこう、心配するな、心配するな」

死んだ乱亭七八に化け、陸衆の隠れ家に潜り込み、あれこれ探り出そうというのが、これは、心配するな、というほうがムリな注文なので。

そのために、変装の名人、七化けのおこうにいろいろと要領を教わり、どうにか七八になりすましはしたのだが。

なにぶんにも若菜は変装にはズブの素人で、専門家のおこうから見れば、何かと危なっかしく見えるのが当然なのだった。

しかし、若菜はいったんこうと決めたら、てこでも動かない。

いかに、その計画が危なっかしいものに見えても、それに従うほかはない。

舟がわずかに左右に揺れた。

「川が逆流している……」

見れば、丑が言うとおり、川の水が川上のほうに逆流している。

「さいふぉん、の仕組みか」

長崎帰りのもんもんが誰にも意味のとれないことをつぶやいた。

「よし、行くぜ」

立ち上がる若菜に、もんもんが、

「これがわかに注文された笛だ。冷や汗をかいたけど、どうにか作るのが間にあった。かねての手筈どおり、そのときになったら、これを吹いてくれ。大丈夫、これを吹いても常人の耳には聞こえない。優れた耳を持つおこうさんにしか聞こえない」

「ふふ、能あるネコは」おこうがしなを作った。「爪を隠す、さ」

「こいつは心強い、いただいとこう」

若菜はそれを袂に入れ、舟から桟橋に、ひらり、と飛び移る。

そのままススキと雑草の茂みのなかを歩き出した。

丑が、くるり、と櫓を回転させ、
月光を、きらり、水しぶきに撥ねて、
櫓を、ぎぃ、ときしませた。

舟は桟橋を離れ、見るまに遠ざかる。

若菜はそれを振り返ろうともしない。

ただ、ひたすら歩いていく。

気がつけば――

つかず、離れず、何人かの人影が、夏痩の湿地帯のなかを進んでいる。

いずれもこの世の者ならざる雰囲気を身にまとい、ひそひそと闇のなかを這い進んでいる……

陸衆だ。

あるいは千葉街道から、あるいは行徳からの水路を、続々と、陸衆たちがこの夏痩の地に集結しつつあるのだった。

ふいに――

自分でもそうと意識しないままに若菜の体が動いた。

大車輪に回転し、倒立したその足で、跳んできたものを器用に蹴り返した。

おはじきだ。

それも二個――

水溜まりに落ちて音をたてた。

女たちの笑い声が聞こえてきた。

女たちは二人、いずれも島田、振り袖の、町娘のふう……姉妹のように似ているが、一人は銀の元結(もっとい)、もう一人は金の元結をしているのが唯一の違いで——どちらも凄みのある美人だが、あまりに凄みがありすぎて、どこかヒヤリと人間離れしたところがある。ありていに言って冷酷な印象が強い。

「これはこれは幇間の鯱どの——吉原の火の見櫓の火事で、焼け死んだと聞いていたが、さすがにしぶとい……生きておいでだったのかえ」

と銀の元結——馬頭(めず)——がそう言い、

「それにしてもその顔の包帯はいただけないねえ。せっかくの色男が台なしじゃないか。先祖の助六が泣きゃあしないか」

と、もう一人、金の元結——牛頭(ごず)——がそう受ける。

二人の口調から、べつだん彼女たちが、乱亭七八の身を案じているのではないらしいことは察しがついた。

この女たちは七八が災難に遭ったことを暗に嘲笑しているのだ。死ななかったのをむしろ残念にさえ思っているのかもしれない——そういう口ぶりだった。

「泣いてくれるな、牛頭、馬頭よ、おれはまだまだ死なないよ。おめえさんたちのためにこれから百年も生きてやるのさ」

「言ってくれるじゃないか」

牛頭が、七八の肩に軽く体をぶつけ、馬頭がそれを笑う。

彼女たちは陸衆でも名うての殺し屋で、若菜もそれを知っていたから、おかげで偽物だとボロを出さずに済んだ。

おかげと言えば――彼女たちが投げてきたおはじきを、とっさに逆立ちし、足で蹴り返したのは、われながら上出来だった。

あの鯱の七八なら、当然、手は使わずに、足で蹴り返しただろうからだ。

とっさの場合に、七八になりすます苦労を重ねたのが役に立ってくれた。

無用な疑いを招かずに済んだ。

牛頭、馬頭についていきながら、ふと前後に何の脈絡もなしに、若菜の脳裏を、かまが盥に残していった二丁の豆腐のことがかすめていった。

――もしかしたら、このまま、そのかそう亭とやらから戻れないかもしれない。

やはり、あの豆腐は食べておいたほうがよかったかもしれない、ふとそんなことを思った。

六

この十万坪の湿地帯にはめずらしい屋根船が一艘――

それでも、さすがに小ぶりなのが、舳先に月の光を集めるようにして、澪を疾走している。

その舳先に立つのは、ぞろりとした長着に、真っ赤に派手な長襦袢、その総髪を船風になびかせる男。

異彩を放つのは、顔部に包帯をぐるぐる巻きにしていることで、その亀裂のように覗く目が、夜目にもするどく、強い光を放っているのがわかる。

その男に向かって、川岸の深い茂みの闇よどみのなかから、声をかけようとした者がいる。

それがとっさに――

「…………」

背後から口を押さえられ、その声を消されてしまう。

その茂みには一艘の猪牙舟がひっそりと身を寄せていた。まったくといっていいほど気配を消している。

常態の舟にはありえないことで、そのことがその舟の者たちが、並の人間ではないことを如実に物語っていた。

屋根船は、猪牙舟の存在に気づかぬままに、遠ざかっていった。

声をあげそうになったのはもんもん、それを背後から制止したのはおこう。

「バカ、もんもん、あれはわかじゃないよ。あれは――」

おこうが悩乱したように言う。

「乱亭七八じゃないか。ああ、どうしよう、七八は生きてた。生きて、かそう亭に向かってるらしい。わかが危ない！」

一面の茅葦原……ところどころ水浸しになり、月光を銀色にうつし出している。

亀戸を背後に過ぎて、これから先は十万坪、夏痩まではもう指呼の間だ。

その広い茅原を三人の男たちが歩んできた。

先頭に立つのは、羽織袴、深編み笠の大男で――

若菜が柳橋からどんど橋まで尾行したあの者だ。

背後をかためるのは、双方ともに屈強な体つきをした武士で、軟弱な江戸旗本、御家人とは、見るからに一線を画した剣士たち。

と――

前方の木陰から、ふらり、と人影が現れ、三人のまえに立ちふさがった。

黒羽二重の着流し、洋麻の襟巻き、白鞘の小脇指……殺しのかまだ。

ぶら提灯を突き出すと、小腰をかがめ、

「失礼でございますが――ワージントウ号の船長――ロディ・ヘイドンさんとお見受けいたします」

二人の武士がすばやく前に進み出ると、柄袋を取り、鯉口を切った。

「おめは何者や」

一人がするどく問う。これは明らかに薩摩弁——とすると、二人のかまえは、あの恐ろしい示現流……

「あたしは——いや、あたしはどうせ名もない、そこらの風吹きカラス……へい、名乗るほどの者じゃないので——」

かまは笑う。

「ヘイドンさんは異常にお耳がいいと聞きました。日本に来て間がないというのに、しゃべるのはともかく、日本語を聞くのは理解できる、とのことで。そういうことなら、当方、勝手にしゃべらせてもらいます」

「…………」

「あなたのお国じゃ、婚約指輪、結婚指輪を交わすのは、神様のまえでの誓いを意味し、きわめて神聖な儀式なのだと聞きました。なのに、あなたは、それを薩摩との大量の銃、大砲の取引に利用した。こいつがおいらにゃわからない。いいんですかえ、そんなことをして」

「…………」

「それともお相手が異国の遊女と見てあなどりなすったか。はなから姫雪太夫をだますつもりだったのですかえ」

一瞬、間を置き、これはヘイドンではなしに、侍のひとりが、そんなことはおめの知ったことじゃなか、と突き放す。

「へへ……たしかに、それもあたしの知ったことじゃない。ところで、あたし、先に、ある人に教えられ、『お竹倉』の、とあるお大名家がご所有になられる敷地を覗いてみたのですが、ねえ、おどろくじゃありませんか。そこに――お倉造りの阿片窟なるものがございましてね。何十人となく阿片患者がごろっちゃ転がっているという始末で」

「………」

「これもその人から教えられたことなんですが、何でも、エゲレス国は、東印度というところで、大量に製造した阿片を、これまた大量に清国に売りさばいて膨大な益を得ているとか。ところが、最近、その清国で、阿片がご禁制とされ、売れ行きが落ちてしまった。それで、エゲレス国は、新たな阿片の売り先を求め、捕鯨船と偽って、さらに極東にまで調査の手を延ばしたとか。へへ、ためしに、日本人の何十人かをさらって、むりやりに阿片を吸わせた――ロディ・ヘイドンさん、こんなことを申しあげちゃ何だが、あんた、いけませんねえ、あんまりタチがよろしくないようで」

「………」

「聞けば、あんたのお国じゃ、結婚指輪を交わすのに、死が二人を分かつまで、と誓いあうという」

ふいに大男が深編み笠を撥ねあげた。拳銃を取り出し、それをかまに向ける。

と同時に、二人の武士が刀を抜き払い、右八相にかまえ、かまに突進する。

かまいたちが、月光を集めて、一旋、二旋し、

「うぅ」

「あぐっ」

「ごぼっ……」

三人はいずれも首筋から血を噴きあげ、あいついで水たまりに落ちていった。

しゃららるる……かまいたちが刃を鳴らしながらかまの手元に戻る。

おどろいたことに——

かまいたちは、ヘイドンの首筋をかっ切っただけではなしに、そのふところを切り裂いてもいたのだった。

ふところから落ちた指輪が地面に光っていた。ヘイドンが姫雪太夫に贈った指輪であろうか。

指輪を拾い、かまいたちを懐におさめながら、かまはうっとりと月を見あげ、

「死が二人を分かつまで……」

その同じ月が若菜の豆腐屋の借間にもかかっていた。

戸障子から射し込む月の光に、盥のなかの豆腐に押し込まれた餞別の小判が、金色にきらめいていた。

第六話　権現様・泥棒安堵状

一

かまはうっとり月を見つめた視線を、ゆっくり地上に下ろすと、

「出ておいでよ」

一瞬、静寂があり、竹藪に射す月影が揺れると、

「ぼくは何もしない。だから、かまさんも何もしないでくださいよ——いいですか、約束ですよ」

いいいいもんもんの声だ。

「何も約束なんかしないよ。どうせ破るんだから……どちらにしろ、あんたは出てくるしかない。ふふ、ほかにあんたにできることは何もないんだから」

かまの声は低く、むしろ優しかったが、かまを知るほどの人間であれば、それがど

んなに当てにならないかを十分に知りつくしている。

獲物を誘うネコも、ネズミに対しては優しいネコなで声を出す。そのうえで頭からバリバリ食べてしまう。

竹藪から、もんもんが出てきた。

両腕を可能なかぎり延ばし、お手製のふところ短銃をかまえている。左手を、右手に添え、しっかり両足を固定し、体の安定をはかる……定法にかなったかまえだが、あいにく全身を小刻みに震わせているのが、それを台なしにしてしまっている。

「久しぶりだね、もんもん、ちょっと見ない間に、ずいぶん大きくなっちゃって。すっかり見違えちゃったよ」

「お久しぶりです、かまさん」

「どうしたの？　何でそんな離れたところで震えてるわけ？　もうすこし近くにおいでよ、積もる話をしよう」

「そうはいかない、ぼくはあなたのかまいたちが怖い。かまいたちの届かないところに身を置きたい」

「そんなこと言ったってさ」かまはひゃっ、ひゃっ、と笑い、「おれのほうからこんなふうに近づいたらどうするわけ？　意味ないでしょ」

「こ、来ないで」

「まあ、いいじゃあないか……ひゃっ、ひゃっ……」

「かま、あいかわらず邪悪だね」おこうのうんざりした声が聞こえ、「子供をいたぶっておもしろいのかい」

「やあ、おこう。いつもながらに、おきれいで、なにより」

「やめとくれ、あんたからそんなふうに言われると、皮肉を言われてるようにしか聞こえない」

「そこでとまったほうがいい」

振り返りもせずに、かまは後ろの丑に言った。

「それ以上、近づかないほうが身のためだよ」

「う、う」

丑はうっそり足をとめる。あいかわらず一斗樽を背負っている。おれは、と言い、

「何もする気はない」

「それはそうだろう。何かする気があったら、とっくに、あんたの命はない——それにしたって、あんたのバカ力は厄介だからさ。むやみに近づかれちゃ迷惑なんだよね。ところで……」

あらためて、おこうに向きなおると、

「おれに、なんか用?」

「用がなきゃ、あんたにこんなふうに近づくものか」

「ふふ、これは、とんだご挨拶」

「助けておくれでないか」

「誰を、さ」

「わかを」

「わかの、何を」

「幇間の七八。あいつは陸衆だった——知っておいでか」

かまは知っているとも知らないとも答えない。ただ、黙って、おこうがしゃべるのを聞いている。

一応のおこうの話が終わると、一拍、置いて、

「ふふ、つまり、七八は生きているのに、死んだとばかり早とちりし、七八に化けて、陸衆の隠れ家に乗り込んでいった、とそういうことか。しかも、本物の七八も、そのかい、かそう亭とかに向かっている、と……こいつは大事(おおごと)だ。あいかわらず、わかは粗忽(そこつ)だねえ」

「たしかに——で、どうなのさ」

「どう、とは」

「助けてくれるのかくれないのか」

「あんたたち三人で七八をとめればよかったのに」

「それができれば苦労はない。あたしたちじゃ三人がかりでも七八にはかなわないのさ。それに」

「それに?」

「あたしたちには他にやらなければならないことがあるし」

「何を?」

しかし、それには答えずに、おこうはいつになく必死の表情になって、

「どうだろう。かま、あんたなら七八と互角にわたりあえるはず」

「そうだねえ……どうしようかなあ」

かまはじらすように笑い、煙管を取り出し、月を見あげながら、悠然と煙草をつめた。そして三人の顔を見わたしながら、

「誰か、火、持ってない?」

二

夏痩は潟である。塩の満ち引きに連動している。

満潮時には隠れ、干潮時にはあらわれる……細い土手が、である。それがどうやら

橋がわりのようになっているらしい。

四半里（約一キロメートル）ほどはあろうか。小石がきれいに敷きつめられ、濡れ、月に光る。

その土手を渡るとそこに忽然と島が出現する。

大名の上屋敷ほどの広さの島……十万坪をただ漫然と歩いていたのではそんなものがそこにあるとは誰も気づかないだろう。

いつ、これほどのものを築いたのか。

これがかそう亭――陸衆の隠れ家、いや、すでにこれは砦といってもいい規模かもしれない。

曲輪があり、広場があり、櫓がある。

ところどころかがり火が焚かれているが、すでに朝を迎え、その火勢は衰えつつあるようだ。

広場の一方は水揚げ場の河岸になっていて、船での出入りも可能になっている。

いま、その河岸から、二艘の舟が出ようとしている。

乗っているのは、錘木三郎左衛門、それに彼が率いる「蘇鉄喰い」の精鋭たち――

夜明けが近い。

潟には朝モヤが灰色の襤褸切れのようにかかっている。その底に曙光がかすかに赤く血のように滲んでいた。

二艘の舟は、その朝モヤのなかに漕ぎだしていって、すぐに見えなくなってしまう。

それでも櫓の音だけはしばらく聞こえていたが、それもやがて朝モヤに閉ざされ、絶えてしまう。

河岸、それにさらにその先、茫々たるススキ、草やぶになかば隠れるようにしてひろがっている潟を一望するようにして——

広場の反対側の端に、石を積み上げ、展望台のようになっているところがある。

その背後に天守閣のような建物を擁し、まさにそこは展望台——

その展望台の前面に、人影が五つ、並んでいる。広場を見下ろしている。

これがまさに陸衆棟梁の五人組で。

およそ二百五十年前、家康が江戸に入府したおりに、権現家康じきじきに任ぜられたというのだから、泥棒ながら、それなりに由緒のある血筋。

いずれも、黒い羽織袴に、これもやはり黒い頭巾に面を隠し、おりしも昇りはじめた朝日に、さらに暗々と影に沈んで、不吉な五羽のカラスのように翼を休めている。

彼らが眼下に睥睨(へいげい)する広場には、これも黒々と、陸衆が集まっていて——

その数は優に二百は下るまい……

五人組の端のひとりが、サッ、と片手を上げ、陸衆の注意を喚起して、
「権現家康江戸入府の際、この江戸は、盗賊、強盗、野盗、川盗、海賊、跋扈する、まさに無法地帯であって、いかに強力無比なる徳川家臣団の力をもってしても、これをよく制圧することはかなわなんだ。それゆえ、まさに毒をもって毒を制す、のたとえどおり、徳川は、われらが先祖、陸衆の力をもってして、盗賊、強盗、野盗の群れを制圧する方策をとることと決めた。われらの先祖はよく働いた。根切り葉切り……ことごとく盗賊、強盗、野盗を誅した。皆殺しをはかった。われらが先祖の働きなかりせば、いかに権現家康であろうとも、江戸に無事に入府することはかなわなんだはずである」

これは歴史的事実である。

家康は江戸入府に際して、悪をもって悪を誅する方策をとり、この地にはびこる盗賊、強盗、野盗のたぐいをことごとく退治したのだという。

このときに使嗾した盗賊一味が、のちに江戸を仕切る岡っ引き、手先のはしりになった、とされる説が有力だが。

その一方では――

江戸にはびこる大勢の悪党たちを、統制だって誅するためには、軍団規模の勢力が必要だったはずで、これを後世の岡っ引き、手先のたぐいだけですべて説明しきるの

はムリがある、という異論もないではない。

江戸の盗賊、強盗、野盗をことごとく根絶やしにしたはずの悪の軍団はどこに消えてしまったのか？

どこにも消えはしない、陸衆として残された、というのが歴史的事実であって、

「権現家康はこれを徳とし、われら陸衆に『権現様・泥棒安堵状』をさしつかわし、われら陸衆に、江戸の泥棒株を独占することを許した。聞け、うぬら、夜のカラスたちよ、たしかに昼の江戸は、彼ら、徳川のものであるが、夜の江戸は、われら陸衆のものであるのだ。へるめす、泥棒神もご照覧あれ、このことに相違ない」

それを受けて、広場の陸衆が、おう、とどよもす。

それを制するように、その黒頭巾は、両手をひろげ、下に向けると、

「しかるに、これにまつろわぬ泥棒、盗賊のたぐいがある。言うまでもなく、これが川衆であって――きゃつらはもともとひとり泥棒、仕事のたびごとに仲間をつどい、離合集散、よし仕事が終われば、また巷にひとり散っていくのをむねとする。そのことがあればこそ、われら陸衆の泥棒株を軽んじ、ときには無視、嘲笑し、勝手気ままに、風に吹かれて、泥棒稼業に身を窶す。われらには権現様からさしつかわされた『泥棒安堵状』がある、と申しつかわしても、これをいっこうに意に介さず、ときにせせら笑いさえした。ことあるごとに、われらはきゃつらを追い、誅したが、なにぶ

んにも風に舞う落ち葉のようなやつばら、これを完全に制することがかなわぬまま、ついに二百五十年を過ごした。しかし、夜のカラスたち、聞け、いまこそ時代の石臼がおもむろに回転し、きゃつら川衆を穀粒のように挽きつぶす音が聞こえはせぬであろうか」

「おう！　おう！」

陸衆たちは一斉に声を上げ自分らが座する石畳を両手で打ち鳴らす。そのどよめきが朝モヤを震わせる。

「そうか、そうか、聞こえるか、聞こえるか……われらは徳川から薩摩に乗り替える。薩摩は、われらに川衆を殲滅せよ、と命じた。一人残らず、根切りにせよ、と。これより異国と伍するためには、侍だけでは不十分、万民を兵とするべく徴兵をはかる必要がある。また、これまで税とはかかわりなしに生きてきた民からもことごとく税を徴収する必要がある。領国共和制ではない、強力な一国独裁が要請されるのだ。そのためには川衆などという自由民はまさに無用者、不要のやから――これからの日本国にそのような者の存在を許容する余地はない。さればこそ、これを一人残らず、この地上から抹殺せしめよ。おお、そうなればこそ完全に、この国の盗賊は、われら陸衆のもとに統合されることとなるのだ。夜のカラスたちよ、これこそが吉報、これこそが瑞祥でなくて何であろう」

「おおう！　おおう！」

「喜べ、夜のカラスたち、薩摩は、そのために必要とあらば、示現流の剣士集団であり、忍び集団でもある『蘇鉄喰い』を貸し与えようとも約束した。蘇鉄喰いの力はあなどれぬぞ。彼らの力をもってすれば、川衆を殲滅するなど、はは、ドブに落ち葉を掃き捨てるにも似て、いともたやすいことである。されば、夜のカラスたち、川衆を殺せ、これを殲滅せよ」

「おお！　おお！」

「さればこそ、われらは、われらが偸盗術（ちゅうとう）を薩摩のために存分に使い、幕府を転覆せしめて、薩摩の世に転回するべく、奮闘する必要があろう。そのために夜のカラスたち、思う存分に奪え、燃やせ、殺せ――われらが春を喜べ、言祝げ（ことほ）、夜のカラスたち」

これもまた、これより三十年近く後に、歴史的事実となる。薩摩の密命を受け、あまたの御用盗が江戸の町を跋扈し、商家を襲い、ときに殺し、ときに焼き、徳川幕府の存在を根底から揺るがすことになるのだ。――陸衆の跳梁が人の口の端にのぼることこそなかったものの……

「おおう！　おおう！」

若菜も、陸衆たちとともに、歓声をあげ、石畳を打ち鳴らしはしたが、その背筋に流れる冷や汗は、彼らの熱狂からはほど遠いものであった……

三

その夜……

乱亭七八は——いや、七八に化けた若菜は、——陸衆の五人組から天守閣に呼び出された。

展望台から階段を経て天守閣に登る。

天守閣は十坪ほどの広さがあろうか。周囲に欄干付きの回廊をめぐらせている。

総ひのき造りの、御殿と見あやまらんばかりの豪華さで——木組はもとより、あまたある調度、道具はすべて金銀をちりばめ、蒔絵を散らし、いたるところに金襴緞子、目もあやに……

五人、朱塗りの大きな丸卓を囲んで、赤い酒を飲んでいる。それが話に聞く葡萄酒というものか。

いたるところに吊された洋灯があかあかと彼らを照らし出していた。

五人そろって、その顔を極薄地・羅紗の頭巾で覆っていて、誰ひとり、その素顔を見ることができない。

七八が、座敷の外から声をかけ、なかからのいらえを待って、銀箔、金縁の襖を開けると……

なかの一人が上機嫌で、

「おお、来たか、七八――」

と声をかけてきて――頭巾で顔を覆ってはいるが――これが灰かぐらの茂平であることはまぎれもなかろう。

ただし、ほかの四人のうち二人が、やはり灰かぐらの茂平であるのか、それともまったくの別人であるのかはわからない。

灰かぐらの茂平は三つ子ででもあるのだろうか？　それとも七化けのおこうの術をさらに精緻なものにし、三人が一人に変装しているのか？　だとしたら、それは何の意図あってのことなのか、それもまたわからない。

ましてや、五人組のうち三人までもが灰かぐらの茂平だとして、残りの二人が何者であるのか、若菜にはまるで見当がつかずにいるのだった。

ただ、そのうちの一人に――

里昂絹の襦袢、綾羅紗の羽織、透かしのある帯を典雅に締め、かすかに香水の香りをただよわせている――これもやはり羅紗の黒頭巾の――女人がいる。

その女人も顔を頭巾で覆っている。容貌を見ることはできない。

それなのに若菜は、何というのか、その女人のたたずまいのようなものに、何とはなしに見覚えがあるような気がしてならない。

それでいて――これこそが妙なことであるのだが、その一方で、若菜はこれまでその女人に一度も会ったことがない、という確信を抱いてもいる。

――このちぐはぐな思いは何だろう？

若菜はそのことに、何かもどかしいような、どこか薄気味が悪いような、ふしぎに生煮えにも似た気持ちを感じているのだった。

「ふふ、七八、吉原の火の見櫓を焼いた気持ちはどんなものかな」

茂平が揶揄を含んだ口調でそう尋ねてくるのに対し――

若菜は、自分の口もとを指でさし、もう一方の手を左右に振って、火傷のために口がきけない、という意志表示をする。

おこうは、重度の火傷を負ったのであれば、多少、声が変わっていたところで、誰もそれを不審には思わない、と太鼓判を押したのではあるが。

何も話さないにこしたことはないだろう、と若菜は思う。

「そうか、そうか――いや、あの火の見櫓の火事で、その程度の火傷で済んだのは、まずは上々――いい、いい、そこにすわって、まずはおれの話を聞け」

茂平は空いた椅子をさし示し、パンパン、と軽く両手を打ち鳴らす。

「はい」

「あい、あい」

それに応じて、天守閣の回廊から、座敷に入ってきたのは、あの牛頭、馬頭の二人で——

あいかわらず、その衣装は美麗、所作はたおやかに優しげであるのだが、どことなし、その容姿の裏に妖怪じみた不気味さを秘めていることに変わりはない。

ふわり、とあでやかに袖ひるがえし、西洋椅子に腰を下ろすそのしぐさも、どこか人間離れしたところがあるようだ。

もしかしたら、この牛頭、馬頭が、陸衆きっての殺し屋である、という先入観のなさしめるところであるかもしれないが……

何事にも動じない若菜が、さすがにこの二人の間近にいるときだけは、気持ちおだやかではいられない。

そんな若菜の心のうちを知ってか知らずか、茂平が、

「乱亭七八、それに牛頭、馬頭——おまえたちは、おれが手飼いの者のなかでも、まずは筆頭にあげられるべき殺しの上手……おまえたちに殺しの仕事を依頼すれば、まずはし損じはない。それで、早速ではあるが、おまえたちに殺しを頼みたい」

「あい」

牛頭がかれんに小首を傾げると、

「それで——どこのどなたをお殺しすればよろしいのでしょうか」

「うむ、殺すべきは吉原の花魁、姫雪太夫——」

「まあ、素敵」

馬頭が大仰に両手を胸のまえでパチンと打ち鳴らすと、

「それはまた、ありがた山のホトトギス、殺しがいのあるお相手で……何と嬉しいこと」

「でも、いいんですか」

牛頭が不審げに、

「姫雪太夫といえば、『角海老』きっての売れっ子じゃあないですか。それをみすみす玉なしにしようというのは、何だか肯けない話だわねえ」

「腑に落ちないのは道理だが——これは子細があってのことでな」

と茂平は葡萄酒をすりながら、

「ついさきほど、ロディ・ヘイドンの死骸が見つかった、という知らせが入ってきた。何者かに、喉をかっ切られ、ぷかぷか、お堀に浮かんでいたとか……」

「まあ」

「それは大変」

「うむ……ロディ・ヘイドンはつねに短銃を携帯していて、狙撃の腕は折り紙つきだ

と聞いた。そのうえ、薩摩示現流の遣い手が二人、護衛についてもいた。それなのに
――報告者の話では、現場の様子から、どうも襲撃者はひとりであるらしい」

「一人で、その三人を……」

「襲撃者はよほどの手練れ――」

牛頭、馬頭が顔を見あわせる。

「うむ、姫雪は、ロディ・ヘイドンのなじみ、であって、ロディが元気でいるうちは、なかなかもって、それを亡き者にすることなどできようはずもない。が、ロディが死んだとあれば、話はべつだ――あの姫雪太夫には何とはなしに心根の知れないようなところがある。早い話が、ロディが贈った指輪を、せっかくのことに、素直に指にはめればいいものを、何を思ったのか、小袋に入れ、素肌に当てやがった。まるで、いずれ、それを何者かが狙いに来る、というのをあらかじめ知っていたかのようで、おかげで事態が面倒なうえにも面倒なものになり果てた。こちらはたまったものではない。わかるか」

「あい、あい」

「わかります」

すると、それまで黙っていた五人組の一人が、「それに――」と発言したが、これもまた灰かぐらの茂平の声なので、

「こちらの乱亭七八が、お座敷の掏摸の芸にかこつけて、姫雪太夫の胸もとから、その小袋をカミソリで切り取ったのだが――そのあとに、その素肌にうっすら赤いあとが残されたという。それをとっこにとって、姫雪太夫は、わざわざ南町奉行所に、指輪が盗まれたと届け出たのだが――考えてみれば、これもおかしい」

「そうよ、七八ともあろう者が、そんなヘマをしでかすはずがない。いまにして思えば、あれは姫雪太夫がみずから自分の肌にあとを残したに相違ない。わからないのは、なぜにそのようなことをする必要があったのか、ということなのだが」

と、これもまた、三人目の灰かぐらの茂平がそう言う。

――これと、これと、これ……

いまや若菜は五人組のなかの灰かぐらの茂平を三人まで数えることができた。

殺意が急速に膨れあがる……

いまなら灰かぐらの茂平を仕とめることもたやすい。なぜなら、ここにいる三人ともに斃してしまえば、確実に灰かぐらの茂平を亡き者にできるのであるから。

「ふふ……おぬしほどの男がわからぬと申すか。そんなはずはあるまい。もったいぶらずに謎解きをしてみせるがよかろう」

もう一人、これは見るからに大身の旗本めいた男が、そう言う。たぶん、五十がらみ、五尺（一五〇センチ）ほどの小柄な身体。五人組のなかでこの人物がもっとも年長であるようだ。

「謎解きは——川瀬若菜にありましょう」

三人のうちの一人の——灰かぐらの茂平の口から、自分の名が出されるのを聞いて、一瞬、若菜は殺意が萎えるのを覚えた。

「ほほう、川瀬若菜にな」

武士らしい男は、葡萄酒の鏡板容器を持ったまま、聞こう、というように灰かぐらの茂平たちに向き直った。

「いまにして思えば、姫雪太夫が、牢方同心の川瀬若菜をじきじきに指名し、その者をおのがもとに呼び寄せたときに、そもそも不審を抱くべきでありましたな」

灰かぐらの茂平は苦笑がらみ、そう口調をあらためると、

「姫雪太夫がわが手で胸もとに疵を残したのも、つまるところは川瀬若菜の顔を見たい一念からでございましょう。それはなぜなのか？　考えるべきはその一点でございましょうなあ」

それを聞いて若菜は内心、非常な意外の念に打たれた。

それでは自分が姫雪太夫のもとに派遣されたのは、たまたまのことではなしに、太夫の指名があってのことだったというのか。

——それはなぜ？

が、いまの若菜に、それを熟考するだけの時間は与えられなかった。

「なるほど、たしかに姫雪太夫は、わたしどもには得がたい、またとない獲物でありましょうけど、それにしてもわたし、馬頭、それに乱亭七八どのの三人がかりで向かわなければならないほどの難物とは思えませぬ。七八どのは不要なのではないでしょうか」

牛頭が不審げにそう尋ねるのに、

「いや、じつは乱亭七八には姫雪太夫ではなしに、べつの獲物をあてがいたい、とそのように思っておってな」

灰かぐらの茂平は含み笑いとともにそう言った。

「はて、解せぬわいなあ、べつの獲物というと？」

「七八よ、頼みがある」

灰かぐらの茂平の一人が若菜に顔を向けると、

「その顔の包帯を解いてはくれぬか。顔を見たい」

四

その場にいる一同の視線が一斉に自分に注がれるのを感じた。それはもうひしひしと痛いほどであって……

その注視のなかにあっては、茂平の要求を拒むなど不可能なことであった。拒めば、たちどころに正体を疑われるであろう。ほかに選択の余地はない。

「…………」

若菜は無言のまま、包帯を解いた。顔をさらした。

「あ……」

と声をあげたのは牛頭だろうか、それとも馬頭か。

若菜の顔は、無残に火傷のあとがひきつれ、ほとんど顔の原型を残していない。そこから七八の顔はもちろん、若菜の顔を見てとることも不可能なはずだった。

が――

「なるほど……」

それを見て、やにわに笑い出したのは、灰かぐらの茂平のうちの一人で、ほかの二人の茂平もそれに誘われるように笑い出した。

五人組の残りふたり――年配の武士らしい人物と、女人――、それに牛頭、馬頭のふたりは、灰かぐらの茂平たちが何を笑っているのか理解できずに、ただ呆然としているようであった。

若菜だけが、灰かぐらの茂平の笑いの意味を即座に理解した。動こうとした。

が、茂平の一人が、おっと、とそう言いざま、ふところから短銃を取り出し、それを若菜に突きつけた。

「動くなよ」

若菜は体を凝固させた。そのまま椅子に腰を戻すしかなかった。

ようやく笑いをおさめると、灰かぐらの茂平の一人が――笑いの余韻にまだヒク、ヒクと体を波うたせながら――こう言った。

「川衆には、七化けのおこう、という変装の名手がいる、と聞いたことがある。一度、会いたい、と願いながら、いまだお目もじかなわずにいるのだが。なるほど、なるほど、聞きしにまさる――包帯の変装の下に、さらに火傷の変装がほどこされているとは、誰も夢にも思わない……いってみれば変装の二重底、いや、さすがに見事なものだ。はは、感服つかまつりましたよ、川瀬若菜さん――」

それを聞いて、牛頭、馬頭が椅子から飛びあがり、舞うように動いた。

牛頭の右手から、紫色の組ヒモが飛び出し、ヘビのように伸び、くるり、と若菜の首を巻いて、さらに伸びた。

組ヒモの端を取ったのは馬頭で――

二人、ススッ、と左右に分かれ、若菜の首に巻かれた組ヒモをキリリと締めつけた。

これでさらに二人が動けば、若菜はたちどころに窒息させられることになるだろう。

「川瀬若菜を殺すのに、紫色のヒモでよかったかいな」

と牛頭が歌うように言い、

「さて、紅色のほうが似合うような」

と馬頭がこれも歌うように言う。

「若菜さん、いや、ほんとうにわたしはその七化けのおこうさんにお会いしたい、とそう願っているのだよ。お会いしたうえで、人が人に化ける、というのはどういうことなのか、膝を突きあわせて話しあってみたい。それというのも――」

笑った茂平でもなければ、短銃を突きつけている茂平でもない、三人目の茂平が妙に真剣な表情でこう言い、

「じつは、わたしは――灰かぐらの茂平は――過去に一度、いや、もしかしたら二度、三度と……死んでいるのでございますよ。いや、こんなふうに申しあげたところで、何をアホダラ経を唱えるのか、と不審に思われるかもしれませんが、嘘も隠れもない、わたしはたしかに何度も死んだ……そう思っていただきましょうか」

「…………」

「初代の灰かぐらの茂平が――ある大名上屋敷に忍びいって斬られて――危篤におち

いったとき、その枕元に一の子分が付き添っていた。この男がたまたまお役者あがりで、親分の臨終の顔が苦痛に無残に歪んでいるのを見るに見かねて、その顔に死に化粧をほどこすことにした。死に化粧をほどこすつもりで——気がついたときには、桶の死に水を鏡がわりに、自分の顔に、茂平の顔をほどこしていた、といいます。すると不思議なことに、茂平の考えていること、その想いが、手にとるがごとくにわかるようになった。一の子分はおのれが灰かぐらの茂平にまさに変身したのでした。灰かぐらの茂平と同じ顔を持つ者が複数いれば、茂平は絶対に死ぬことはない、永遠に生きる、とそう覚って、以来、茂平と同じ顔を持つ者が、つねに三人はいるようにした。以来、茂平は何度か死にはしたが、死ななかった——そういうことです。初代の茂平が息を引き取ったのは、すでに七十年もまえのことになります」

「…………」

「西洋の化け物に、ヒドラ、という怪物がいると聞いたことがございます。この怪物は九つの首を持ち、よしんば一首を斬ったところで、また生えてくる。このヒドラを斃すには、九つの首を同時に斬るほかはない……言ってみれば、わたし、灰かぐらの茂平もそうしたものなのでございましょうなあ。一人だけでも生き残れば、その茂平がまた新たに三人になる……いや、だからこそ、わたしはその七化けのおこうさんと一度、膝突きあわせて変装談義をしたいのでございますよ。人が人に化けるというのはどういうことなのか。そのことをじっくり話しあってみたい。いや、陸衆と川衆、しょせんは敵同士であれば、かなわぬ夢なのかもしれませんけどねえ」

回廊から、新たに人が座敷に入ってくる気配がした。

首に組ヒモを巻かれ、短銃を突きつけられている身であれば、自在に動くことはできない。そろそろと、そちらのほうに首をゆっくり動かし、誰が入ってきたのか、それを見さだめようとした。

「う……」

おどろきに声が詰まった。

回廊から新たに座敷に入ってきて、くるくると顔の包帯を解いたのは――

乱亭七八――幇間の鯱だったのである。

その、わずかに火傷のあとを残した顔に笑いを刻み、

「へへ、へ……やつがれは生きております。おどろき、もものき、さんしょのき……でございましょう? けれども、太鼓が、火の見櫓が燃え落ちたぐらいのことで死んだのでは、しゃれになりません。へへ、もっとも、死んでもいないやつがれに化けて、かそう亭に乗り込んでくるなんざあ、しゃれもいいところではござんすけどねえ」

それを聞いているうちにも、若菜の右手がそろそろと動いた。それは、動いている

とは覚られぬほどにひそかな動きだったはずだが、しかし——

　ふいに灰かぐらの茂平の一人がゲラゲラと笑い出して、これか、と言い、右手をかざした。

　その指のあいだにあるのは、笛で——

「ふふ、残念だったねえ。あらかじめ牛頭が、おまえさんから掏り取っておいたのだ。これまで、笛があることを確認しておかなかったのは、川瀬若菜にも似あわぬ、不覚ではあったのよなあ」

　そうか、と若菜は胸のなかで歯噛みした。

　牛頭が不自然に肩をぶつけてきたことがある……あのときに笛を掏り取られたのだったか……

「若菜さん、一つ、その火傷の変装を取ってみてはいただけませんか。顔に変装をほどこして、どうにも始末におえないのは、風通しが悪くなることです。顔が熱くなってしまう。けれども、見たところ、あなたは顔に汗をかいていないようだ。さすがに七化けのおこうの変装術だが、どういう具合になっているのか、それを見てみたい。変装をとってみてくれませんか」

　もう一人、べつの茂平がそう要求してきたが、若菜はそれに従おうとはしない。ただ、じっ、と体を凝固させたままでいる。

「まあ、いいか」とその茂平は肩を落とすようにそう言い、「あんたが死んだあとで変装を確かめればそれで済むことなのだから……」

「思うに、この笛は、あんたが危機におちいったとき、助けを呼ぶための笛なんじゃないのかな。われわれを奇襲するための……けれども奇襲は、思いもかけないときにそれがなされれば、たしかに奇襲になるけれど、われわれがあらかじめそれを知っていれば——奇襲どころか、飛んで火にいる夏の虫……ふふ、いまは冬だけどねえ」

笛の茂平はつと席を立ち、回廊に出ると、潟に向かって、ピーッ、と高らかに笛を鳴り響かせた。

一度、二度、三度……笛の余韻が潟をぴょうぴょうと渡っていった。

「ご注進——」

座敷の外から声が聞こえてきた。

「潟から一艘の舟がひそかに近づいてまいります」

「舟には何人乗っている？」

「なにぶんにも夜のことで、こちらからは櫓を漕いでいる船頭の姿しか見えませんが、おそらくはそのほかに一人か、二人であろうかと」

「よしよし……十分に引き寄せたうえで皆殺しにしろ」

と、これは短銃をかまえた茂平が、冷酷に言い放った。

五

するとそれまでただ黙々と葡萄酒をすすっていた——始めて会ったはずなのに微妙に見覚えのある——あの女人がこう口を切ったのだ。

「さすがに川衆の棟梁たる川瀬若菜。幇間の鯱に化けて、敵陣に乗り込んでくるとは、まずは見あげた度胸と誉めてやりましょう。それにしても解せません。川瀬若菜、何の目的あって、わざわざかそう亭に乗り込んできたのでしょう？　そんなことをして、若菜に何の得があるというのか」

彼女の声には不審の響きが濃かった。しきりに首を傾げている。

「おそらくは、三人おかぐらのわたしを討つか、討てないまでも、その方法を探り出そうという腹だったのでしょう」

短銃の茂平がせせら笑う。

「将棋でいえば、つまりは桂馬を打って、二つに一つは取ろうという戦法……それが、おのれ一人どころか、仲間まで討たれることになろうとは。桂馬を打つどころか、はは、つまりは王まで取られるはめになろうとは……」

灰かぐらの茂平たちが嘲笑した。

なかの一人、笛の茂平が立ちあがり、回廊から遠眼鏡を覗き込むと、

「おう、おう、たしかに船頭が懸命に櫓を漕いで、こちらに近づいてくるわ。ふふ……皆殺しにされるとも知らずに――」

それを聞きながら、若菜はじっと耐えつづける。

それというのも、ことここにいたれば、もう若菜には耐える以外に、できることは何もないからで。

どこまで耐えればいいのか、どこまで待てばいいのか。

一呼吸、二呼吸、三呼吸……

神経をヤスリにかけられるようなこの責め苦に、いつしか冷や汗が全身を濡らす。じりじりと胸が締めつけられるように痛む。

――よし、ここまで耐えればいい。これ以上はもう待てぬ、待ちたくはない……

若菜は太い息を吐き、やおら女人に向きなおると、

「たしかに川衆はひとり泥棒が多い。ねぐらを持たないはぐれカラスばかり。それだけに陸衆のようにまとまった隠れ家を持つことがない。ましてや、このかそう亭のように、隠れ家というより、すでに山城ほどの砦を持つなど夢のまた夢……されど、いざ陸衆との全面衝突ということになれば、もとより居城を持つ側のほうが有利なのは論を俟たぬ。川衆はひとり泥棒が多いだけに、砦から出撃してくる陸衆に、一人、ま

た一人と個々に攻撃されれば、いずれは根絶やしにされてしまうのは火を見るよりも明らか——それを防ぐために、おれは陸衆の隠れ家に乗り込むことにしたのさ。すなわち、うぬらの砦を破壊するために、かく参上つかまつった……」

が、どういうものか、若菜の言葉はただモゴモゴとくぐもるばかりで、明瞭な声にならない。なにか口にくわえたままで話をしているかのように聞きとりづらい。

「うぬはいったい何を言っているのか」

短銃の茂平がけげんそうに尋ねる。

若菜はため息をつき、スッ、と指をあげると、宙にゆっくり字を書いた。

それを短銃の茂平が声に出して読む。

「われわれ、川衆も、権現家康から、泥棒安堵状を、頂戴、した……な、なに！」

茂平の声がうわずった。

「嘘をつきやがれ」

が、それに応じて、若菜はさらに指を動かして、

「嘘、では、ない……」

とそれを読んだ茂平は激高した声を張り上げると。

「嘘だ、嘘だ、そんなはずはない。権現家康から『安堵状』をさしつかわされたのは、われら陸衆だけであるはず。ええい、でたらめを申すな。われわれだけが正当に

夜の江戸を支配するのを安堵されたはずなのだ」

若菜はそれに対して、ブツブツとつぶやいて、かすかに笑ったようだ。

何をつぶやいたのかはあいかわらず聞き取れない。

もちろん、牛頭、馬頭が、その首に組ヒモをまわしたままにしているために、ことのほか話しづらいということもあろうが、どうもそれ以外にも声が不明瞭になる理由がありそうで。

「…………」

頭巾の女人は不審げに若菜を見たが、彼女よりもさらに苛立ったのは、七化けのおこうの変装術を知りたい、と言ったあの灰かぐらの茂平で——

「ええい、何を言っているのかわからぬ。川瀬若菜、もうよかろう。こんなものは顔から剝がすことにして」

若菜の顔に両指をさし入れると、その変装をバリバリ音をたてて、引き剝がしにかかった。粘土が剝がれ、顔料がボロボロと落ちていった。その下から、ついに素顔があらわにさらけ出された。

「う……」

茂平が妙な声をあげたのも道理で——

若菜は笛をくわえていたのだった。それがために声が不明瞭になった。

　若菜は、ポロリ、と笛を手のひらに落とすと、

「おれは変装の下でずっとこいつを吹きつづけていたのさ。こいつは音がしない。いや、音はしてるのだろうが、それを聞くことができるのは七化けのおこうばかりで――おまえたちが鳴らした笛はいわばおとり。笛の音が聞こえれば、これは罠だ、とおれの仲間は気づくはず。そこに、鳴らない笛が聞こえてくれば、ああ、ここで仕掛けるのだな、と仲間たちはそれにも気がつく――そういうことさ」

「なに？　ここで仕掛けるというのは何のことだ？　何に気づくというのか」遠眼鏡を見ていた茂平が、うわずった声をあげ、「おまえの仲間はもはや袋のネズミ――いまさら逃げようにも逃げられないところにまで近づいてしまっている」

「バカ野郎が――おとといきやあがれ。どこまで、おめえたちは間抜けなのか。せっかくの遠眼鏡だ。もうすこし、じっくり見てみたらどうなんだ。おい、櫓を漕いでいる船頭は人間にしちゃあ小さすぎやしないか。船頭はからくり人形じゃあねえのか。舟に積まれた一斗樽に導火線がついちゃあいねえか。導火線に火がついちゃあいねえか。おい、あの一斗樽に焙烙玉（火薬）が詰まっていたらどうするよ」

「ああ、あ……」

　変装の茂平がヨロヨロと立ちあがった。遠眼鏡の茂平が悲鳴のような声を放った。その声に触発されたように短銃の茂平が銃口を向けた。

が、そのときにはすべてが遅かった。

舟が猛然と炎を噴き上げ、黒煙を渦巻かせて、爆発した。

轟音が天地を圧して鳴り響いた。

その爆風に、かそう亭の展望台が崩れ落ち、さらには天守閣が崩壊した。

河岸にもやわれていた数十艘の舟が、あるいは燃えあがり、あるいは吹き飛ばされた。

陸衆たちの住まいである長屋が一瞬のうちに猛火に包まれた。轟っ、と音をたてて炎が澪から地上を舐めていった。

もはや竜吐車を持ってきたところでそれを鎮火させることはできないだろう。

一瞬のうちに、陸衆の最大の砦たるかそう亭はこの地上から消滅した。

大きく傾き、崩落する天守閣のなかで、

「くたばれぇ」

牛頭と、馬頭とが同時に組ヒモを手元に引き寄せた。

若菜は一瞬のうちに絶息したはずだ。牛頭、馬頭の殺しの手練に遺漏はない。ないはずだったのだが……

「あ、あ！」

牛頭も、馬頭も後ろにひっくり返ってしまっている。

いつのまにか組ヒモは截断されてしまっていた。

いや、組ヒモばかりではない。同時に、洋灯がことごとく火を消され、一瞬のうちに、天守閣は暗闇に包まれてしまう。その暗闇のなかに——

若菜と、鯱とが切り結ぶ刀が、鋼の火花を発した。稲妻のように闇を切り裂いた。

崩落する天守閣の屋根をまるでましらのようにスルスルと渡っていく人影があった。

これは言わずと知れた殺しのかまで。

いま、組ヒモを切り、すべての洋灯をたたき落としたかまいたちを懐にたくし入れながら、
どうやら、かそう亭の火薬庫に引火したらしい。退散の途につこうとしているのだった。

凄まじい爆破音とともに、ひときわ大きな火の玉が噴き上がり、天をあかあかと照らし出した。

雲が紫色に染めあがり、いらかのように波うっていた。

それをうっとり見ながら、

「ああ、きれいだなあ」

かまは微笑するのだった。

その翌日——

「今度という今度はおまえを見損なった——おこうたちは、おまえに助けて欲しい、と頼んだというじゃないか。それなのにおまえはそれをすげなく断った。おまえには一宿一飯の恩義というものがないのか」

「勝手なこと言ってらあ」かまはヘラヘラ笑いながら、「いつだって、おれが助けてやろう、というのを断るくせに、さ」

「時と場合による。今度ばかりはおれも危なかった」

「それで七八との勝負はついたのかえ」

「つかなかった——というか、あいつ、はなからおれと試合うつもりはなかったらしい。どうやら、灰かぐらの茂平の手前、戦うふりをしただけのことらしい。あっというまに、おれの胴巻きから二十両を掏りとって、澪に飛び込んでいきやがった。飛び下りる途中で、しゃちほこの真似をしたのは、どうも二十両の返礼のつもりらしい。あいつだけは——いや、おまえもだが——いっこうに腹の底が読めない」

「ふふ……しょせん、あるじを持たない野だいこだもの。よほどカネを奮発されなきゃ、本気で命のやりとりなんかするものか。心配するなよ。なにも急ぐことはない。ここまで因果がからみあっちまったんだ。いずれ、あいつとあんたとは真剣に命のやりとりをすることになろうさ」

「そうなっても、おれはおまえに助けは求めない」

「おいおい、子供じゃあるまいし、いつまでも拗ねるなよ。まあ、いいじゃあないか。おいらが、灘の生一本を添えて、ご馳走してやるからさ」

「なにをご馳走してくれるというんだ。今度ばかりは豆腐の二丁、三丁じゃあおさまらねえ」

「河豚さ」

「ふ、ふぐぅ……」

「心配するなよ。おれは子供のころから河豚は料理しなれているんだ。春先の河豚鍋は悪くないもんだぜ。舌がすこし痺れるが、そこが河豚のおつなところさ」

「殺しのかまに河豚鍋をふるまわれたんじゃあ、いよいよおれも年貢のおさめどきか。おこうたちも呼ぶか」

「呼んだって来るもんか。いいから、二人で片づけようよ」かまは笑って、「おれたち、豆腐屋の二階に間借りしているだけに」

「腐れ縁、てか」

第七話　本所「お竹倉」阿片窟

一

「おまえさん、見慣れない顔だねえ、『佐喜屋』さんの新顔かえ」

「はい、お世話になります。なにぶんにも、不慣れなものですから、何かとご迷惑、ご不便をおかけすることもあろうかと存じます。どうぞ、これに懲りずに、よろしくお引き立てのほどをお願いします。これは、つまらないものですが」

「おや、『丸吉』の手拭いじゃないか。これはほんとうにつまらない。新参の挨拶に配る手拭いなら、せめて両国広小路に足をのばすぐらいの手間ひまはかけるものだ。近場で無精に済ませて、どうするね」

「へへ……あいすいません、なにぶんにも独り身で、気がきかないものですから」

「まあ、いいや、はなから気がきかない人に、気がきかない、って文句をつけたところではじまらない――これから、よろしくお願いしますよ」

「へえ、どうか、ご贔屓(ひいき)に」

「これ、今日の洗濯物――どれも上物だからね、丁寧に手洗いしてくださいよ。足で踏んづけたりしたら承知しないんだから」

「はい、はい、わかっておりますとも、わかっております……」

ペコペコと「角海老」の遣り手に頭を下げながら、手早く洗濯物を大風呂敷にくり込み、それを背負って、店を出るなり、ただ一言――

「クソ婆ぁ」

吐き捨てたのは、川瀬若菜なので――

そのクソ婆ぁの名はたつという。

若菜は、以前、姫雪太夫と面会するときに、たつに会っている。

姫雪太夫と会いたい、というのを、あれやこれ難癖をつけられ、さんざん邪魔されて、汗をかかされたものだ。

あのときは同心姿で、いまは出商人(であきんど)の町人姿だから、同一人とばれる気づかいはまずないだろうが、たつの因業ぶりはいっこうに変わっていない。

たつは、吉原界隈ばかりではなしに、因業な鬼婆ぁの遣り手として、ひろく世間に名が知れている。

これまでにも何人か遊女を責め殺しにしたと伝えられている。

稼ぎの悪い遊女、男をつくって客をないがしろにする遊女、反抗的な遊女……

たつの手にかかって果てた女は数知れないのだという。

たつの悪い評判は、小伝馬町の厨房の女たちにまで知れ渡っていて、

「あのだつほどのクソ婆ァはそうざらにはいないのさ」

と、おきくがそう腹に据えかねたように言うのを洩れ聞いたことがあった。

「だつ？　ふうん、それはまた、めずらしい名じゃないか」

それに応じて、おまさがそう言うのに、

「なにね、ほんとうはたつという名前なんだけどさ、だれもそんな名前で呼びゃしない。濁って、だつ、だつ、と呼ぶのさ」

「へえ、それはまた何で？」

「地獄の脱衣婆のだつなのさ。何でも脱衣婆ぁは死人の着ているものをことごとく剝ぎ取るそうだけど——あの遣り手婆ぁのだつもそれにまさるともおとらない鬼畜婆ぁなんだよ。あの女の手にかかって死んだ遊女は数知れないという。『角海老』は吉原きっての大見世だが、表向き、どんなに見識を誇ろうが、なに、内実はそこらの遊女屋と何の違いもありゃしないのさ。女の涙で、できている」

「ふんふん、それで？」

「裏には、仕置き部屋があって、商売のさわりになる遊女は、容赦なくその部屋にたたき込まれ、それはもうむごい折檻（せっかん）を受けるらしい。あのだつは、楼主（ろうしゅ）の言いなりに、牛太郎に手伝わせ、みずから責め折檻をするというんだから凄まじい」

「へえ、それはひどい話だ……」

「おまさ姉さん、小刀針（こがたなばり）というのを知っておいでか」

「いや、あいにく聞いたことないねえ。何だえ、それは？」

「わたしもこれまで実物は見たことがない。話に聞いただけなんだけどさ。何でも、こう細くて、鋭くて、長い針なんだそうな。それを遊女たちを折檻するのに使う。どんなに気丈な遊女であろうと、小刀針で責められると、あまりの痛さに泣き叫ぶそうな。それをやりやあがるのが、だつ婆ぁで」

「それは――むごい話だ、やりきれない」

「そうなんだよ。むごい話なんだよ。いくら遊女相手だって、人にはやっていいことと悪いことがある。あんまりお女郎さんたちがかわいそうだ」

「そんな遣り手、どうせいい死に様はしないさ。おてんと様は見ておいでだよ」

遣り手は遊女たちを監督する。世話をするというより、監視することのほうが主たる仕事といっていい。ときに楼主の言いなりになって、理不尽なことをすることがあったから、遊女たちには憎まれることが多かった。

が、さすがに、遊女たちを仕置き部屋で折檻までする遣り手はめずらしい。それがほんとうなら、だつの名で呼ばれるのも、ゆえなしとはしない。

若菜は何とはなしに、おまさたちの話を思い出し、

「…………」

ぼんやりその場にたたずんでいた。

ふと「角海老」の店先に目をやると、見るからに貧乏たらしい托鉢僧が、数珠(じゅず)を片手、もう一方の手にお椀を持ち、しきりに経を唱えていた。

二

いまの若菜は、わけあって、弥八(やはち)と名を変え、桂庵を介し、吉原出入りの洗濯屋「佐喜屋」に潜り込んで、こうして出商売(であきない)に励んでいる。

日々、巳の刻（午前十時）ごろ、吉原の大見世、中見世を渡り歩き、洗濯物を受け取って、帳面付けをする。

そして夕方、この刻限、申の刻（午後四時）ごろに、洗い、すすぎを済ませ、乾かしたものを店々に届ける……

その毎日である。

こんなところを、灰かぐらの茂平に見とがめられでもしたら、無事には済まないだろうが——

そんなことにならないために、七化けのおこうの手を借り、ごくあっさり薄味に変装術をほどこしている。

ざっと見たところ、まずは実直な商人（あきんど）ふうで、よほどのことがないかぎり、バレる気づかいはないはずなのだった。

若菜が、「角海老」の店先から離れようとしたときに、その騒ぎは起こった。

「この、どさんぴん！」

「いいかげんにしねえか」

「とっとと失せやがれ」

男たちの怒号が聞こえ、「角海老」の店から、若い武士が、わっ、と地面に転がり出てきた。

若い武士は埃（ほこり）まみれ、髷は乱れ、袖はちぎれ、袴は裾切れ——よほど、こっぴどく乱暴されたらしく、全身、すり傷だらけ……じつに惨憺（さんたん）たるありさまなのだった。

若い武士のあとから何人もの男たちが飛び出してきた。

男たちは小弁慶の胸をひろげ、彫り物に、掛守り（かけまもり）の銀鎖、いずれも絵に描いたような地まわりで、容赦がない。

馬乗りになって頭を殴りつけたり、蹴飛ばしたり、好き勝手に若い武士をいたぶりにいたぶる。

もうもうと砂埃が舞いあがるなか、若い武士は悲鳴をあげながら、逃げまわり、転げまわって、いや、もう、そのだらしなさたるや、じつに正視に耐えないほどで。

実際に、遠巻きに眺めている見物人たちの間から、失笑が洩れるほどだった。

それでも一度、若い武士は刀を抜こうとしたのだが、それを逆にヤクザに奪い取られ、さらにひどい殴られ方をする。

それを見て、

「…………」

若菜は苦笑せざるをえなかった。

男たちはさんざん若い武士をいたぶって、それでようやく気が済んだのか。

「おといきやあがれ」

「これに懲りてもう二度と顔を出すんじゃねえぞ」

「バカ野郎が——」

毒づき、嘲笑しながら、店に戻っていった。

見物人たちもてんでに散っていった。

若い武士の、あまりのだらしなさに、気の毒がるというより、むしろ愛想が尽きたようで、あれでも侍か、情けないねえ、とあざける声が耳に残った。

ややあって、若い男がのろのろと立ち上がるのに、

「大丈夫ですか」

若菜は太刀を拾い、鞘におさめて、差し出してやった。

「かたじけない、ご親切、いたみいる」

若い武士は頭を下げ、あらためて若菜に訴えかけるように、

「拙者、薊野十内（あざみのじゅうない）と申す。藩名は申しかねるが、とある藩邸の、江戸勤番の者にて、ひょんなことから上役に連れられ、吉原に上がることがありまして」

「ほう……」

「そこで、かいま見たのが、花魁・姫雪太夫の姿──いや、もう、とてものことに、この世のものとも思えぬ美しさ。それ以来──いや、お恥ずかしい話──寝ては夢、起きてはうつつ、幻の、片時も太夫のことが忘れられぬ身になってしまったのでした」

「それは、それは……」

「一目、太夫の尊顔を拝したい、そのお姿を見たい、と思いつめ、吉原に通いつめましたが、もとより三十石普請役の軽輩の身で、花魁を座敷に呼ぶ力などあろうはずがございません」

「ははあ、なるほど……」

「それでも吉原に通ううち、引手茶屋に借金がかさみます。あげくのはては、ご覧のようなていたらく、お話にもならぬ浅ましさで、それでも太夫のことを忘れかねるこの身の情けなさ……どうかお察しください」

「それぐらいでおよしなさい、薊野さん」若菜は苦笑しながら制して、「もう、お里は知れてますぜ」

三

洗濯屋の仕事のあいま、あいまに——

羽織を着なおし、刀を落とし差しにし、小伝馬町に顔を出し、牢方同心の仕事もそれなりにこなす。

もともと牢方同心などというものは、閑職の最たるものといっていい。

厨房に顔を出し、手伝いをしようなどという、余計な気さえ起こさなければ、じつにヒマを持て余す仕事なのであって。

洗濯屋の弥八になりすまし、洗い物の回収などの仕事を挟んだところで、まずは小伝馬町の人たちに、そのことがバレる気づかいなどなかった。

ありていにいって、小伝馬町の人たちは誰ひとりとして、若菜のことなど本心から気にしてなどいないのだから。

もちろん若菜にしたところで、物好きからそんなことをしているわけではない。

先月、陸衆の十万坪・砦の、かそう亭に乗り込み、それを完膚なきまでに破壊した。陸衆に、人、物、もろともに甚大な損害をもたらしたはずである。

むろん、若菜は陸衆の逆襲を予想した。

陸衆ともあろうものが、あれほどまでの被害を受けて、そのまま泣き寝入りなどしようはずがないからだ。

若菜に対してはもちろん、七化けのおこう、からくりもんもん、いざよいの丑に対しても、必ずや復讐を挑んでくるはずだ、とそう覚悟したのだったが……

ふしぎに陸衆はなりをひそめ、何も仕掛けてこようとはしない。それどころか、まるで一族、ことごとく地の果てに消え去ってしまったかのように、バッタリ消息を絶ってしまった。

――あいつら、何を企んでいやがるのか。

若菜にはそのことが不思議でならない。不気味でならなかった。

不気味といえば――

あの薄気味の悪い牛頭、馬頭が、灰かぐらの茂平から姫雪太夫の殺害を命ぜられたことも忘れてはならない。

牛頭、馬頭は、陸衆きっての殺し屋であり、あの二人に狙われたのでは、まさに姫雪太夫の命は風前の灯火といっていい。

だからといって、なにも若菜に、姫雪太夫を助けなければならない義理などないはずなのだが……ふしぎに、それを座視したままではいられない、という焦燥感にも似た思いにかられた。

何としても、このまま姫雪太夫を死なせるわけにはいかない、という強い衝迫にみまわれたのだ。

——しかし、どうして、そのような思いに襲われるのか? なぜに、よ。

若菜はもともと正義感などという歯の浮くような言葉からはほど遠い男である。どちらかといえば、この浮世を斜めに生きていきたい、という思いのほうが強い。

それなのに、どうして姫雪太夫のことにかぎって、これほどまでに強い執着にとらわれるのか? 若菜には自分で自分の気持ちが理解できない。

これで何度目になるのか、

——おれは姫雪太夫に惚れているのか。

そう自問し、これもまた何度目になるのか、いや、惚れてない、と自答する。

それも強い確信をもって、である。

若菜の、姫雪太夫に対する想いは、惚れたはれた、というそうしたものとは、どこか微妙に異なるもののようであった。

どこがどう異なるのか、その想いとはいったい何なのか、それはあいかわらず自分でもわからない。そのことに、じれったい気持ちばかりが残されるのだが。

いずれにせよ、このまま牛頭、馬頭に姫雪太夫を殺させるわけにはいかない、という衝迫は無視しえるものではなかった。

その思いにせかされるまま、若菜は洗濯屋になりすまし、吉原に出入りし、それとなく「角海老」を見張りつづけているのだが……

ここに一つ、妙なことがある。

殺しのかまが若菜と行動を共にし、やはり姫雪太夫の護衛に当たっているそのことである。

若菜にはこれがわからない。

——どうしてかまが姫雪太夫のことを気にかけるのか？

もともと何を考えているのか、得体の知れぬ、気がまえの知れぬ男ではあるが、それにしてもこのことは、あまりに若菜の理解を絶していた。

かまはこんなにつきあいのいい男だったろうか？　いや、そんなはずはない。

若菜の知るかぎり、かまは気まぐれに人助けをするような男ではないはずなのだ。

──それなのに、なぜ？

「かまよ、おまえ、どうして一文の得にもならぬのに、そんなことをするんだ」

そう尋ねても、

「あれぇ、知らなかった？　おれはもともと人助けが好きなんだよ。昔から、功徳を積むのが好きでさぁ。根っからのお人好しなんだよね」

そうはぐらかされるばかりで、いっこうにらちがあかない。

この男のほかの行動が総じてそうであるように、これもまた、かまにまつわる謎の一つとして片づけるほかはないようであった。

が、それはそうとして、どうしても若菜には納得できないことがある。

それは──かまが吉原に料理を届ける仕出し屋の料理番に雇われたことである。

いつもの黒羽二重の着流しに、前掛けをつけ、あざやかな手さばきで、包丁をふるっている姿は、男の若菜から見ても惚れぼれするほどさまになっている。

その仕出し屋の厨房には南蛮わたりの洋灯がある。その明かりのなかにかまの姿はきわだって美しかった。

かまが店に出勤すると、おかみさんから小女にいたるまで、ソワソワして仕事が手につかないほどだという。

一方、若菜は、といえば、地味な商人のいでたちで、大きな風呂敷包みを背負って、吉原かいわいを行ったり来たり。

この違いは大きい。というか、じつに納得しきれないものがある。

「仕方ないんじゃない。ほら、こう、顔の造作が違うんだからさ」

「うるせえ」

「ひゃっ、ひゃっ……ねえ、料理屋のほうがいいんだったら、下働きの口が一つ空いてるよ。あと湯の釜番とか、さ」

「ええい、うるせえ、うるせえ……おい、おまえ、何してるんだ？」

「何って？」

かまは姫雪太夫の——洗濯物の——襦袢に顔を埋めながら、目だけ上げて、

「太夫のにおいを嗅いでるんだけど」

「おい、やめろ、やめろ——そんな変なことはやめにしないか」

「ひゃっ、ひゃっ……変なのはあんたのほうだよ。何、顔、赤くしてるのさ。あれ、もしかして、あんた、童貞だったりして」

「な、何をバカなことを——そんなはずねえだろ」

「ひゃっ、ひゃっ、あんたの場合にかぎって、ンなはずないことはないと思うけど……ねえ、聞きたいんだけどさ。川衆の棟梁ともあろう者が、女にうぶでいると、何か得になることがあるわけ？」

「ねえよ。ねえし――おれはうぶなんかじゃない」

「そうかねえ、おれさ、ふしぎでならないんだけど」

「何が？」

「あんたのような男がさ。よく姫雪太夫の胸を見たい、って頼むことができたね。素肌を拝むことができた――おれ、それが信じられないんだけど……」

「おまえに信じてもらう必要はない」

若菜は憮然とした。

憮然としながらも――

ふと何か頭の隅にカチンと引っかかるものを覚えた。自分がとても大事なことを忘れているように感じた。

――何が引っかかってるんだろう。おれはいったい何を忘れているのか？

が、いまの若菜に、そのことを考えているだけの余裕はなかった。

「それはそうだ、おれに信じてもらう必要はない。ところでさ、これ」

こともあろうに、かまが姫雪太夫の襦袢を若菜の鼻先に突きつけたからだ。

「あんたも嗅いでみなよ」

「おい、やめろよ。鼻先に突きつけるな」

若菜は後ろにのけぞった。

これまで、あまりそんなことを考えたことはなかったが、もしかしたらかまが言うように、若菜は必要以上に女に対してうぶなのかもしれない。

「そうじゃないって」

「何がそうじゃないんだ」

「これ、阿片のにおいがする……」

四

その翌日の午後――

からくりもんもんが「佐喜屋」を訪ねてきて、思いもかけないことを告げられた。

七化けのおこうが行方不明になってしまった、というのである。

「これでもう三日になります。広小路の自宅にも戻っていなければ、両国の小屋のほうにも顔を出さない。まるで消息が知れないんです」

「どういうことだ？」

「わかりません」

「まさか、陸衆のやつらに襲われた、というようなことはないだろうか」

「それは――何ともいえません」

もんもんの顔が心持ち青いのは、必ずしも紺染めの洗濯物が、その顔に映えているからばかりではないようだ。

吉原の敷地内に火除け地がある。

いま、二人が話しているのは、そこの「佐喜屋」の物干し場で——ここはちょうど「角海老」の裏手に当たる。

「角海老」は吉原きっての店の大きさを誇り、間口が十三間（約二十四メートル）あり、奥行きにいたっては、じつに二十二間（約四十メートル）の規模を擁する。

その裏に接しているだけに、「佐喜屋」の規模もなかなかのもので、物干し竿がずらりと並んで、そのすべてに洗濯物が干されている光景は、じつに壮観といっていい。

いたるところに大きな空の酒樽が置かれてある。その酒樽のうえに、洗濯物をひろげ、棍棒で叩いて、しわをのばす。

「角海老」も、その屋根に大きな物干し台を載せていて、そこに布団とか、長衣などの洗濯物をかけている。物干し場の物干しとあいまって、見わたすかぎりの洗濯物が視野をさえぎる。

春先の風に吹かれ、それら物干し場、物干し台の洗濯物が、翩翻（へんぽん）とひるがえり、おりからの日射しに輝いていた。

が、いまの若菜、もんもんは、とても早春ののどかな光景を愛でているだけの心の余裕がない。

なにしろ、あの七化けのおこうが行方知れずになっているというのだから……

「もうすこし、ことわけて、細かに話してみねえな。どう、おこうが行方知れずになったというのだ？　力ずくで、いやおうなしに連れさられでもしたのかえ」

「それが——話さなければならないようなことは何もないんですよ」

「何もない？　どういうことだ」

「自宅も、小屋もいっこうに荒らされた様子がない。それどころか、長火鉢の薬缶にはちろりのお燗、その猫板にはあての小皿……どう見ても、いまから晩酌に取りかかろうとして、ちょっと何かの用を思い立ち、座布団を外した、としか思えない様子なんです」

「ううむ……」

「それで、当人だけが消えてしまっているのが何とも不思議で——丑さんが懸命に行方を探しているのですが、どこに消えたのか、いっこうに消息が知れないありさまで」

もんもんは首をひねった。

酒樽にすわったその膝のうえには、身の丈三寸（十センチほど）ばかりの、芸者を模したからくり人形が載っていて、しきりにちろりの酒を杯に注ぐ動作をくりかえしている。

どうして、もんもんがそんなからくり人形を持ち歩いているのか、なぜ話をしながらそれを動かしつづけているのか、若菜にはそれが疑問だったのだが。

ふと、

──もんもんはその芸者の人形をおこうに見立てているのではないか。

と思いついて、何かがストンと腑に落ちたように感じた。

おこうは長火鉢の薬缶でちろりをお燗にかけたまま姿を消したのだという。そんな、おこうが──もんもんの心の裡(うち)で──お酒を杯に注ぐからくり人形に投影されるのはごく自然なことなのかもしれない。

──そうか。

若菜はもんもんを何か眩(まぶ)しいものでも見るかのように見つめた。

この若者は自分より何歳か年長のおこうに対して、あこがれに近い感情を覚えているのではないか。つまり、もんもんは──そのことに自分で気づいているかどうかはべつにして──おこうに惚れているのではないだろうか。

色気より食い気というか──およそ、そうした浪漫な感情からほど遠い若菜には、もんもんの気持ちがもう一つ理解できないところがある。

が、それでも、もんもんの切ない気持ちは、どうにか察せられるようでもあり、

「うむ……」

かけるべき言葉もないままに、ただあごをさする以外になかった。

燗の用意をし、つまみまで作って、どこにおこうは消えてしまったのか。座敷に乱暴のあとが一切なかったというのであれば、おこうは自分の意志で座敷から立ち去ったとしか考えられないのだが……それならそれで、三日も消息が不明というのが、理由がわからない。

おこうもまた、子供のころの若菜がそうであったように、神隠しにでも遭った、というのだろうか。

──まさか！

おこうは世間智にたけ、それなりにしたたかな、利口な娘である。めったなことで、判断をあやまり、しくじるようなことはないと思いたいが、それにしても心配なことではあった……

「何にせよ、もうすこし心当たりを探してみます。だから、わかも──」

「ああ、心がけてみる」

「お願いします」

もんもんは、からくり人形をふところに入れて、立ちあがり、ああ、そうだ、と言

って、

「わか、あの矢部定鎌というお武家のことですが——ぼくがその名にどこか聞き覚えがある、と言ったのを覚えてますか」

「矢部定鎌……ああ、そんなことがあったっけな。それがどうかしたのか」

「思い出したんですよ。あれは——大塩平八郎の件についてでした」

「大塩平八郎？」

先年、大坂東町奉行所のもと与力であった大塩平八郎が、役人の腐敗に怒り、さらに庶民の困窮に悲憤慷慨し、おのれの私塾の門弟らと共に、幕府に対して叛乱を起こした。

いわゆる「大塩の乱」であり、結局は叛乱は失敗に終わったのだが、それがあの矢部定鎌とどんな関わりがあるというのだろう。

「矢部定鎌は大坂西町奉行の役職にあり、与力だった大塩と大いに語らい、肝胆相照らす仲であったようです。事実、大塩の助言を得て、窮民を救済せんがために大いに働いたりもしています」

「あの矢部が……」

「ええ……ところが、その後、大塩と矢部との間にどのような行き違いがあったのか、乱を起こしたときの大塩の檄文には、矢部定鎌は奸佞として——つまり汚職役人として――激烈な言葉で非難されてます。矢部は奉行の役職を利用し、汚職、賄賂をし放題、大いに私腹を肥やしたとか」

「それはほんとうのことなのか」

「わかりません、ただ大塩の檄文にそう書かれてあった、というだけのことで」

「ふうん」

若菜は眉をひそめた。

しかし……

いまは矢部定鎌のことより、なにより、おこうの身を案じなければならないときであるだろう。

もんもんが立ち去るのを見送り、何とはなしにため息をつき、酒樽から立ち上がったとき――

風が吹いた。

物干し竿にかかった何枚もの瓶のぞきの浴衣が、ふわり、と一斉にひるがえり……物干し場を青く染めあげ……

そして、それがおさまったとき、そこには――

「何だ、かま、どうしていままで姿を見せなかった？」

「ふ、ふふ……だって、もんもんはむしょうにおれのことを怖がりやがるから」

「遠慮したって、か」若菜はあざ笑う。「おまえがそんなかわいらしいたまかよ」

「ふふ……まあ、いいじゃないか」

また風が吹き、洗濯物が一斉にひるがえり、かまの姿を隠す。

まるでかま自身が風に変わったかのようであった。どこか遠くに飛んでいき、そしてまた戻ってきた……

「あんた、どうしておこうが、抵抗もせずに何者かに連れ去られたのか、およその察しはついてるんじゃないの」

その、風に変わって、姿が見えなくなったかまがこう言うのだ。

「あんまり青臭くて、おままごとのようで、ふふ、歯が浮いて仕方がないが、どうやらもんもんの野郎は、おこうにござっておいでのようだ。あんた、そんなもんもんのことを気遣って、口には出さなかったけど……」

「ああ。たぶん、阿片を使われて、気を失っているうちに、どこかに拉致されたのに相違ない。そうでなければ、酒を燗づけしたままだったとか、猫板にあてを残したままだったとかいうのが説明できないし、な」

「どこかに拉致された？どこに？」

「さあ、それはまだわからない。これからそいつを探索してみるつもりだ」

「ふふ、探索だってさ──まるで奉行所のお役人だね」

「バカ、忘れたのか、こう見えてもおれはれっきとした南町奉行所の同心だ」

「ああ、そうだった、そうだった——だけど、れっきとはしてないだろう」

「うっせえ」

「どちらにしろ、探索なんかしなくていいんじゃないのか。その必要、ないし」

「何で」

「おれに訊きな、って」

「だから、何でよ」

「本所のお竹倉に薩摩の拝領地がある。そこに薩摩は寮（別荘）を建てた。薩摩としては、エゲレス国がしきりに日本に入れたがっている阿片がどんなものだか、それを確かめる必要がある。それでその寮を阿片窟に変えた。何十人もの人間を拉致し、そこに監禁し、阿片をあてがった。そうやって阿片がどんなものだか試してみようとした。おれが思うに、おこうはそこに連れ込まれたんじゃないか……」

「おい、殺しのかま」

「あいよ、何だい？」

「どうして、おまえがそんなことを知ってるんだ？」

「ひやっ、ひやっ、ひやっ……あんた、そんな……おれにだって、あんたの知らないことはいっぱいあるさ」

「ありすぎるぜ——おまえは、姫雪太夫を守るために、吉原の料理人になりすました。これだっておかしい。おまえらしくもない。いやさ、おまえはおれに何を隠してる？」

「みえを切るなよ。まるで両国の百日芝居(おででこ)だね。そこで、ちょーん、と柝(き)が入ったりしてさ」

「うるせえ、いまのおれはおまえと遊んでるヒマはねえんだ。それより」

「いい、それより——早くおこうを取り戻すことを考えるほうが先なんじゃない？　おこうがほんとうに阿片中毒にされてからじゃ玉なしだよ——じゃあ、ね、また」

「おい、待て、かま、戻ってこい……戻ってこいと言うに、ああ、あの野郎、また、どこかに行っちまいやがった……」

あとにはただもう洗濯物が風にひるがえるばかり。

五

大正時代、天才の名を恣(ほしいまま)にしながら、若くして、自死した某作家のエッセイに、本所の「お竹倉」のことが記されている。

一間半（三メートル弱）もの幅の大溝(おおどぶ)にかこまれ、そこかしこに雑木林や竹藪を擁した、広大な敷地であって――

追い剝ぎや、心中沙汰など、物騒な噂の絶えない、ある種、江戸の異界といった趣きの強いところであったらしい。

それが本所の「お竹倉」であり、本所には「伊達様」や「津軽様」などという大名屋敷が多かったから、天保のこのころ、「お竹倉」も寂寥としていたはずである。

その寂寥とした「お竹倉」の最奥部――

昼なお暗い、鬱蒼とした深い森に、その屋敷はあった。

その名を「お竹屋敷」――

「屋敷」と名づけられてはいるが、たんなる武家屋敷ではないようだ。

窓が小さく、いたるところに石積みの壁を配し、火除けの塗り壁を設けている。

周囲に柵を張りめぐらせ、堀を設け、そこかしこに番小屋が置かれている。

倉造りふうの武家屋敷は、あまり世間に例を見ず、それだけでも十分に異様としか言いようがない。

深い森の奥深く、ということもあって、なにか全体に暗鬱な霧に包まれているかのようで、ただもう陰惨な印象が強い。

たまたま、この付近に迷い込み、この屋敷から洩れでる女の悲鳴を聞いたという人もあり、いつしか誰もこの建物に近づかないようになった。

そのために、さらに陰惨たる印象は強まるばかりなのだが……

「おこう、おい、おこう……」

屋根裏から聞こえる声に、おこうは顔をあげ、上半身をもたげると、天井の一点にじっと視線を注いだ。

「お竹屋敷」のなかでも最奥部にあるところ——

狭い一室、土蔵造りの石壁に、床——

小高いところにある小さな窓は、むしろ空気穴というべきで、針金張りにされ、ほとんど陽も射し込まない。そのため、全体にじめじめと湿り、いたるところ苔むしている……むしろ牢獄と呼ぶべきか。

そこに、七化けのおこうは閉じ込められていて、おこう、おこう、と天井から呼びかける声に、あいよ、と小声で応じ、

「わか、来ておくれ、かえ」

「ああ、遅くなって済まなかった。この屋敷、妙に警護が厳重でな。忍び込むのに、思いのほか手間取った——おこう、大事ないか。怪我はしてないか」

「大丈夫——寝酒の用意をしてたら、いつのまにかスッと眠り込んでしまい、気がついたときには、ここに押し込められてた。思うに、あいつら、長火鉢に阿片を仕込ん

だのにちがいない。それで気を失った……怪我なんかするはずないよ」

「何にせよ無事でよかった。すぐにここから出してやる。もう少しの辛抱だ。待ってなよ」

「そのことなんだけど、わか」

「ああ」

「あたしをここから出すのは待ってくれないかな。いまはわたしをここから出さないで欲しいのよ」

「……おれの耳がおかしくなったのかな、おこう、おまえ、いま妙なことを言わなかったか」

「いま、あたしをここから出すのはマズいと思う。あたしはそう言ったんだよ」

「なぜに、よ」

「明日の夕方に姫雪太夫の花魁道中がある」

「花魁道中が……」

大見世の花魁を座敷に呼ぶのは、格下の遊女たちと遊ぶときのように簡便には済まない。客は引手茶屋で待っていて、それを花魁が道中を仕立てて、迎えに行く。それを花魁道中と呼んでいて、吉原でも名高い行事の一つになっている。

とりわけ、いまは春更(ふ)けて、仲の町には桜並木が移され、いっそう華やかな季節を迎えているだけに、なおさら花魁道中は待望の行事とされるわけなのだが。

姫雪太夫は、吉原の大見世でも一、二を争う大輪にして人気の花魁であるだけに、人々がその道中の日を心待ちにしているであろうことは想像に難くない。

が、そのことと、おこうがいま自分を助けて欲しくはない、ということとの間に、どんなかかわりがあるというのだろう？　若菜にはおこうの気持ちが解せなかった。

「どうやら灰かぐらの茂平は、その花魁道中のまえに、姫雪太夫を殺すつもりでいるようなんだよ」と、おこうはおどろくべきことを口にし、「つまり、花魁道中に出るのは、姫雪太夫に化けたあたしで――思うに、あたしは道中の途中で、誰かに殺される算段になっているらしい」

「何？　それはどういうことだ」

「灰かぐらの茂平は、どういうつもりなんだか、姫雪太夫を確実に仕留めたいらしい。けれども姫雪太夫は吉原きっての売れっ子で、それを内々に殺したとあっては、あとにどんな噂を残すことになるのかわかったもんじゃない。それを防ぐためには、できれば衆人環視のもとで堂々と殺し、人々の紅涙を絞るようにしたい。そのほうがあとのお商売にも有利というもので、いずれは誰かに二代目姫雪太夫を襲名させ、もっともっと稼がせたいというところ――ここまではいいかえ、わか」

「ああ、わかる、わかるが」

「もうすこし辛抱しておくれでないか。話はすぐに終わるから」

「うむ……」

「さっきも言ったように、姫雪太夫は確実に仕留めたいところ。そのためには、何かと邪魔の入りがちな花魁道中でより、そのまえに姫雪を仕留めたほうがより万全というもの——けれども、あとに悪い噂が立たないようにするためには、大勢の人の目にさらしたうえで、殺したほうがいい。この両方を折衷させるにはどうしたらいいか？」

「むむ……姫雪は花魁道中の直前に、どこか人目のないところで確実に仕留める。そして、花魁道中には、おまえを姫雪に化けさせ、吉原を練り歩かせたうえで、道中の途上——堂々、観衆の面前で——殺すことにする。これなら、姫雪を確実に仕留めることができるし、花魁道中の途中で、おまえを衆人環視のもとに殺すわけだから、後あと悪い噂が残される気づかいもない。当日、おまえにおとなしく花魁道中させるためには、阿片でもあてがっておけばいい——そういうことか」

「まずはそんなところ……だから、その計画のまえに、下手に、あたしを救い出しでもしようものなら、灰かぐらの茂平は今夜か、明朝にでも、早々に、姫雪太夫を始末しようとするにちがいない。そうなったのではマズい。だから、いま、あたしを救い出さないほうがいいのさ」

「だけど、おこう、おまえをみすみす阿片中毒にさせるわけにはいかない」

「心配は要らない。あたしの七化け術は、ときに厚く顔料を塗り重ねるから、長いあいだ、息をとめなければならないことがある。そのために、あたしは人よりも長く息がつづくのさ」

「ほう、それは……」

「ふふ、知らなかったろ。あいつらもそのことを知らないから、阿片を含んだ布で、適当に鼻口をふさいでおけば、あたしが阿片を存分に吸い込んでしまう、とはなからそう決めてかかった。最初こそ、いきなり襲われたために不覚をとったけど、あいつらが阿片を嗅がせにかかると事前にわかっていれば、なに、それを吸わずにすむ手だてはいくらもある——いま、あたしがした話も、灰かぐらの茂平の手下たちが、あたしがすっかり阿片で気を失っていると思い込んで、安心して話したのを聞いたのさ。だから……」

「わかった。おまえの望むままにしよう。だが……灰かぐらの茂平にしては、姫雪太夫を殺すのに、ずいぶん手間ヒマをかけるじゃないか。それがどうしてなのかが、おれにはわからない。そのことについては連中、なにか話してはいなかったかえ」

「さあ、そこまでは——」

「聞いてないか」

「あいにく、ねえ」
「花魁道中は明日といったな」
「うん、暮れ六つ（午後六時ごろ）に」
と、おこうが肯いたときには、もう天井裏から、若菜の気配はきれいに消えていた
……

六

鬱蒼と生い繁る木々が、濃い葉叢（はむら）をたわわに垂らし、その下にさらに深い夜闇を孕んでいるそこ。

その闇のなかに……

赤い、小さな蛍がクルクルまわりながら飛んでいる――

かと見るや、それはじつは明かりの火で、ひとりの男が、指先で火縄をまわしながら、近づいてくるのだった。

男を見て、「やっぱり、あんたはここにいたか」と若菜は苦笑し、「薊野十内さん――といったっけ」と声をかける。

「ああ、それがおれの名だ」

薊野はさらにちかづいてきた。その足の運びも慎重に地を擦るようで油断がない。

「おぬしはおれのことをお里が知れている、とそう言った――」

十内の声は低く、鋼の鞭のようにピンと張りつめ、あまりに鋭かった。

「どうお里が知れているのか、教えてもらおうか」

「あのヤクザ者たちに刀を向けたときにあんたのお里が知れたのさ」

「どんなふうに？」

「いかに刀を持ち慣れぬように見せかけたところで、それまでの無量の修練をごまかし切れるものではない。あんたが並大抵の腕の剣客でないことは一目で見てとれたよ。下手を上手に見せるより、上手を下手に見せるほうがよほど難しい」

若菜はその唇に苦笑を刷いて、

「思うに、あんたは、わざと人前で、自分が姫雪太夫に異常なまでに執着しているのを見せつけた。そのうえで、あんたは花魁道中のさなか、姫雪太夫に（じつは姫雪太夫に扮したおこうに、と心のなかで言い添える）斬りかかるよう、灰かぐらの茂平に――あるいは蘇鉄喰いの棟梁に――言いつかっているのだろう。あれだけ人前で、女に執着未練なところを見せつけたあんたのことだ。やはり人前で、その女を斬り殺したところで、何の不思議もなかろう、と人に思わせるのが、つまりはあんたたちの企みで……そうであれば、あんたはこの『お竹屋敷』に詰めているのにちがいない、と思った。それで、おれはこうしてわざわざ、あんたをここに探し当てに来たのさ」

「おれを探し当てて何とする？」

「女を斬るのを思いとどまるよう説得する——つもりでいたが、どうもそれはムリなようだな」

「ふん、いかにもムリだし、ムダさ。おまえがどれほどの腕前かは知らぬが、よしや、おまえがおれを斬ったところで、おれはその場では倒れはせぬ。幾たび、斬られようとも、必ずや、おまえに二太刀、三太刀、致命傷をあびせかけずにはおかぬ。いざとなれば肉を斬らせて骨を断つ……いかにしても薩摩示現流の精髄を見せずにはおかない」

薊野の声はさらに悽愴の気を帯び、ほとんど殺気と変わらぬところとなった。

スラリ、と刀を抜き払い、低く右八相にかまえ、参る、とそう言い放つ。

が、若菜の声はどこまでも低く、落ち着いていて、

「薩摩示現流の恐ろしさは知っている。いまさら教えて貰うまでもない。それより——そのまえにこれを見てはどうか」

若菜の言うそれが、ギ、ギ、ギ、とゼンマイの音をきしませながら、闇のなかから現れ出でた。

それ——い、い、いもんもんの辰巳芸者のからくり人形が。

そして、そのからくり人形は、おもむろにちろりを傾けると、酒を杯に注ぐしぐさをして見せたのだった。

ところが、ちろりに入っているそれは、もとより酒ではなく、それどころか水ですらなく……

若菜の背後から、ぴかり、と凄まじい光が放たれた。

闇が、一瞬、閃光に転じ、薊野の目にするどく突き刺さる。

それは、もんもんが、黒色火薬に、ほかの幾種類かの薬剤を混ぜあわせ、組成した花火——すなわち発光弾であった。

その強烈な目くらましに、わあっ、と思わず薊野が片手で目を覆い、自分でもそうと意識せずに後ずさってしまうのを——

若菜が地を蹴って追う。

——何太刀あびせかけられようとも、若菜を仕留めるまで、怖じずにひたすら前進しよう。

という薊野の不屈の覚悟が、目つぶしの閃光に、知らず後退したために、その気組みが挫かれた。

その一瞬の、気迫の空隙に、若菜はつけ入り、すかさず、かわせみを送り込んだのだった。

かわせみが一旋、闇にひらめき、薊野の右足の腱を断ち切った。

薊野は無言のまま右倒しに崩れた。

若菜がさらに薊野に襲いかかる。

とどめを刺そうとまで思ったわけではない。が、少なくとも薊野を戦闘不能な状態にまで追い込もうとはした。それには左足の腱を断ち切ればいい。それで向こう一、二ヵ月は歩けなくなるはずだった。

しかし――

「うぐぅ……」

声をあげたのは若菜のほうなのだった。

薊野は倒れざまに刀を右に払ったのだ。若菜のすねを抉(えぐ)った。たまらず、若菜はドウとその場にくずおれた。血が噴いた。

――これが示現流。

不撓不屈(ふとうふくつ)の必殺剣――

足の腱を断ち切られれば、その痛みは想像を絶するものになるはずだ。歩くのはおろか、意識を保つのさえ難しい。それなのに薊野はその痛みによく耐え、反撃の一颯を放ってきたのだ。信じられないほどの精神力。

歩けなくなったのはむしろ若菜のほうだった。敗北感、それに屈辱感が強い。

「ちっ……」

闇のなかを転がり、転がり、転がった。

薊野の剣尖の届かないところへ……そのまま森の斜面を転がり落ちていった。遠くに逃げなければならない。

「わか」

闇のなかから、もんもんの声が聞こえてきた。

彼もまたからくりが通用しなかった。その声にも敗北の響きが濃かった……

第八話　吉原小刀針

一

春の、おぼろの、吉原・仲の町――

千本以上ものサクラが移され、どこまでもあわあわと吉原を彩っている。

その花びらを、風に。

燦(さん)、燦、と舞わせて……

サクラ舞う仲の町で、今夕、花魁道中が開催されるのだという。

いやがうえにも期待が高まった。

花魁道中がはじまる時刻までには、まだ一刻(二時間)ほどの間があるが、すでにたそや行灯、軒行灯に、それぞれ灯が入り、ぼんやりと春めいた明るさを通りに浮かびあがらせている。

通りを歩む人たちの足どりも自然に浮きたつようだ。その顔にサクラが映えてほのかに明るい……

が、そうした華やかな光景とは裏腹に、若菜の気持ちは憂いに沈んでいる。

足は薬を塗り、血止めをほどこし、包帯を巻いた。

いつもどおりとまではいかないにしても、どうにか歩くぐらいは歩ける。痛みはあるが、それも我慢できないほどではない。

しかし、この体調で、いざというとき、はたして姫雪太夫を護ることができるかどうか、われながら覚つかない気がする。どうにも自信がない。

悪いことに、こんなときにかぎって、

——あの野郎、どこに消えやがったのか。

殺しのかまの姿が見えない。

その必要がないときには、貧乏神のように——いや、死に神のように、か——とり憑いていっかな離れようとしないのに、肝心なときに、いやあがらねえ……

またしても、かまの恩返しで、朝、起きたとき、枕元に、真水を張った盥が置かれ、そのなかに真っ白な豆腐が沈んでいた。

そして、その豆腐のなかには……

——あの野郎、何を考えていやあがるのか。

小判を見たときのおどろきは、いまも鈍い怒りとなって若菜のなかに尾を曳いて残っている。

——この怒りは何なのか？　おれはいったい何に怒っているのか？

それは、どうやらかまには若菜の知らないべつの側面があり、しかもそのことを若菜に隠しているらしいことへの怒りであるようだった。

つまり、若菜はかまに対して、水くさい、と怒っているわけなのだが、そのこと自体、ある種の感情の裏返しであることに気づいてはいなかった。

いずれにせよ、かまはいない……

若菜が何をどう考えようが、その事実に変わりはない。

頼りになる七化けのおこうは、捕られわれの身だし、いまの若菜の手駒といえば、もんもんと丑の二人しかいない。いかにも手薄、としか言いようがない。

しかし、そのことに不平を並べたてたところで、いまさらどうしようもない。この少ない手勢で何とか姫雪太夫を護り抜く以外に方法はないのだ。

若菜はぴったり「角海老」に張りついて、姫雪太夫を見張ることにした。

そうしなければ、

——危なくて仕方がねえ。

のである。

あと一刻ほどで花魁道中が始まる。

灰かぐらの茂平はその直前に姫雪太夫を殺すつもりでいるのだという。そして、そのあと、姫雪太夫に変装したおこうを、道中の見物客の衆人環視のもと――おそらくあの薊野十内に――殺させる……

その情況を不自然なものにしないために、薊野が姫雪太夫をつけ回しているのだということを、あらかじめ人々に印象づけておいた……恐れいったる念の入りようとしか言いようがない。

これがすべて灰かぐらの茂平の企図したことであるなら、やはりあの男は――実際には、男たち、と複数で呼ばなければならないのだろうが――じつに恐るべき相手と見なさなければならない。

つまり若菜たち川衆にとって、倶に天を戴かざる相手であり、いずれは雌雄を決すべき相手ということでもあろう。

薊野十内の示現流がどれほど侮りがたいものであるかは、いまもズキズキ疼きつづける足の痛みが十分によく教えてくれている。

あの男が、姫雪太夫に化けさせられたおこうを襲撃してくれれば、それを防ぐのは至難のことであるだろう。その最大の防御は、花魁道中の直前に姫雪太夫を殺そうとする企てを失敗せしめること――それ以外にない。

姫雪太夫の襲撃者は、たぶん、あの牛頭と馬頭の二人であろう。彼女たちもまた恐るべき殺人者たちである。姫雪太夫を護るのもやはり至難のわざといっていい。

――いずれにしろ……

あと一刻のことだ。どうにか一刻を姫雪太夫を護り抜けばすべては安穏のうちにおさまる。おさまるはずなのだが。

――そう、うまくことが運んでくれるかどうか。

今日の若菜はもう洗濯屋の出商人に扮してはいない。同心姿である。どれほどものの役に立つか、いささか心もとないところはあるが、奉行所の同心が見張っていれば、牛頭たちもうかつな真似はしてこないだろう、という腹づもりのもとにしたことであったが。

「八丁堀の旦那……」

声がかかり、振り向くと、そこに四十がらみの女が立っていた。

遣り手のだつである。

「今日は洗濯屋の格好はしてらっしゃらないんですね」とだつは笑い、「申し訳ありません。ご足労をお願いします。灰かぐらの親分がお呼びなので」

二

大門、見返り柳すぐ近くの、五十間道に、茶屋の「はりまや」がある。

大きな格子窓が美しい、吉原界隈でも有名な飲み屋だ。

その入り口に例の吉原装甲駕籠がとまっていて、そのわきで四人の陸尺たちがきちんとかしこまっていた。

ほかに用心棒が数人、浪人たち——一斉に若菜に険しい目を向けてきた。

入り口で、かわせみを預けた。

刃物を持って入れないのが「はりまや」の決まりである。

かわせみなしでは、いかにも心細いが、腰の後ろに十手を差している。いざとなればこれで血路を開くつもりでいる。いや、いたのだが……

かわせみばかりか、その十手も、あっさり没収された。さすがに灰かぐらの茂平が重用する用心棒たちだけあって、なかなかに一筋なわではいかない。

これで若菜はまったくの丸腰となったわけだ。

もっとも——

灰かぐらの茂平は、大見世「角海老」を営む、吉原きっての顔役なのだ。みずから吉原のおきてを破るような愚かな真似はしないだろうが。

奥座敷に通された。

内庭にサクラの花が舞う。

それを見ながら、芸者二人に、幇間をはべらせ、茂平は酒を飲んでいた。

若菜が通されると茂平はすぐに人払いをした。

「なに、芸者よりも、この花ですよ、川瀬さん、春はこの花をさかなに飲むのがいちばんだ」

「あいにく、おいら、あんたと一緒に酒を飲むつもりはねえよ。話が終わったらさっさと退散させてもらう」

「ふふ、とは、あんまりつれない、無風流な……」

「ほかの二人はどうした？　灰かぐらの茂平は三人いるはずじゃないのか」

「灰かぐらの茂平は三人で一人ですが、一人で三人でもある。とりわけ、あなたのまえじゃあ三人にゃあならない。三人、同時に、皆殺しにされたんじゃ、さしもの灰かぐらの茂平も玉なしですからねえ」

「おれ一人でそんなことができるものか」

「ふふ、軒下で出会った野良犬同士じゃあるまいし、会うそうそうの嚙みあいはよしにしときましょう。それより用件に入らせてもらいます。まずはこれを――」

茂平は袂から一枚の布を取り出し、それを畳のうえにひろげて置いた。

若菜は顔色が変わるのを覚えた。

それは黒羽二重の着物の袖で、刃物で切られて、きれいに肩から断たれ——しかも血で汚れている。

若菜が動揺したのはそれに見覚えがあったからで。

かまの黒羽二重の袖なのだ。

「殺しのかまのことは闇の噂に聞いてはいましたが、いや、聞きしにまさるもの凄さ」

茂平は酒をすすり、首を振りながら、苦笑した。

「蘇鉄喰いのなかでも、とびきりの三人——示現流の遣い手——を遣わせたのですが、これが一人は落命し、もう一人は深手を負うという始末で……」

「それで——かまはどうした？」

「もちろん、始末しましたよ」

「あのかまが、バカな……」

「おや、お笑いになる？　殺しのかまといえども不死身じゃない。おなじ人間です」

「あいつが何で同じ人間であるものか。あいつはそんなんじゃねえ」

「おや、さいですか。いや、こう申しあげちゃ何ですが……蘇鉄喰いの示現流をあなどっちゃいけません。わたしもまえに示現流の剣士と争ったことがあります。ありますが、蘇鉄喰いの剣士は、薩摩藩中の有象無象とはものが違う。狙った獲物は、うけあい、逃がしゃあしませんせん」

「ふん」

「ああ、それは川瀬さんもよくご存知のはずですね――どうです？　足の傷は痛みませんか。それにしても、よくまあ、あの薊野を相手にして、その程度の怪我で済んだもんだ。さすがですよ、川瀬さん。あの薊野は、蘇鉄喰いのうちでも、示現流の師範代をしている男なんですがね。いや、大したものだ」

「世辞を聞かされて喜ぶおれじゃない。まさかのことに、わざわざ親切心から、かまが死んだことを――おれはそう思っちゃいないが――伝えにきたんじゃあるめえ。ほかに話があってのことのはずだ。とっとと本題に入っちゃあくれねえか」

「なに、本題というほど、たいそうな話はございませんので――ただ老婆心ながら、姫雪太夫のことは、おあきらめになったほうがよろしかろう、とそうご忠告さしあげようと思ったまでのことで」

「姫雪太夫のことはあきらめろ？　それはどういう意味だ」

「言葉どおりの意味でございますよ。どうでも姫雪太夫には死んでもらわなければならない事情ができました。不本意ながら、それを邪魔しようとする方がたも」

「バッサリと、か」

「はい」

「そいつぁ、肯けねえな。いくら、いま吉原で屈指の花魁とはいっても、たかが小娘ひとり。陸衆の棟梁の、灰かぐらの茂平、ともあろうお方が、そうまで執着するのは、とんだ茶番――」

「たかが小娘ひとり、と仰せられますか。茶番、とおっしゃいますか。はは……それこそ、いただけませんな。なかなかもって、あの姫雪太夫は、そのように生やさしい玉ではない。そのことは、川瀬さん、あなたも薄々ご存知のはずじゃないですか」

「おれも薄々知っている？　それはどういう意味だ？　おれが姫雪太夫の何を知っているというのだ」

「わたしどもが姫雪太夫を始末しようとするのを、あくまでも阻止なさろうとするのであれば、この灰かぐらの茂平、今度こそは、あなた方、川衆を皆殺しにせずにはおきません。ふふ、それこそ蘇鉄喰いを総動員いたしましてもねえ」

「そのまえに」若菜が短く言った。「おれたちがおまえを斃すとは思わねえか」

「わたしを斃す？　はは、川瀬さんのまえですが、そいつぁ、できない相談でございますよ」

「川衆を侮るのか」

「いえ、とんでもございません。川衆の恐ろしさは骨身に染みて知りましたよ。それなりに、ねえ。けれども、あなたがた川衆には、灰かぐらの茂平を斃すことはできません。なにしろ灰かぐらの茂平は、ひとりを殺しても、二人が残る。二人を殺しても、ひとりが残る。ひとりでも残れば、灰かぐらの茂平はすぐさま三人に戻る。それがいやなら、三人同時に斃すしかないが、ふふ、こう見えて灰かぐらの茂平はいずれも手練れでございまして。それに三人が一緒にいることは皆無といっていい。なかなかもって三人同時に斃すのは難しかろうと存じます。それに——」

「それに？」

「樒木采女様のことがございます」

「樒木采女？　あの人がどうかしたのか」

「わたしが見るに、樒木采女様に手をかけたのは、あなた様」

「何をバカな……樒木さんは密室の道場で襲われた。そんな芸当ができるのは、格子窓から、刃物を仕込んだ釣り糸を器用に投げ込むことのできる幇間の鯱ぐらいしかいない。乱亭七八。たぶん、あいつは、おまえの命を受けて、それで——」

「わたしはそのようなことは命じませんでした。樒木さんは、あなたのことを川衆の棟梁ではないか、と疑っておいででした。そのかぎりにおいて、いわば、あの方はわたしのお味方——何で、わたしが、そんな樒木さんを襲うことを七八に命じたりいたしましょう？　理が通りません。それに――はは、あなたは密室の道場で、槌木さんを襲うことができたのは、乱亭七八しかいないとおっしゃいますが、ご冗談を、そのほかに、あなた様がいらっしゃるじゃありませんか。あのとき、あなた様なら槌木さんを襲うことができた。そうでございましょう」

「何を、とんだ言いがかり……」

「と、おっしゃいますか。それなら、こころみに、槌木様が、あなた様のことを川衆の棟梁だと疑っておいでだったと、ご奉行所にご注進つかまつりましょうか。ご奉行所の皆様がた、はたしてわたしの言をお信じになられるか、それともあなた様の言をお信じになられるか……ふふ、これは見物でございますなあ」

「……おめえは姫雪太夫を襲うのに、おこうを手品のタネに使おうとしている。それだけは勘弁ならねえ」

「ふふ、そうはおっしゃいますが、これも、また、あなた様にはどうすることもできないことで……」

茂平は、床の間にたてかけてある三味線を取ると、それをつまびきながら、意外に渋い喉で、

「　おこう殺せば三生たたる
　それはそうだよ

おこう、子ネコの生き変わり
ふふ、三生たったところで、三人おかぐらの、灰かぐらの茂平を斃すことはできませんなあ」

ふいに若菜の身裡を激しい衝動が走った。体が躍った。茂平に襲いかかった。

銚子を割り、その切り口で、三味線の弦を切る。それをすばやく茂平の首に巻きつけようとした。

が、茂平はそのことにいささかも動揺しなかった。

体の下になりながら、すでに短筒の先をぴったり若菜に向けていた――金銀模様が華麗に象眼された短銃であった。

「こいつは燧石発火(フリントロック)という、南蛮わたりの、しごく新しい銃でしてね。火縄の用意が要らない。いますぐこの場で発射することができますよ」

若菜が体の力を抜くと、茂平はスルリと器用に外に抜けて、左手で、床の間に置かれた鈴を鳴らした。

「お客様のお帰りだよ」

三

外に出たら、だつが数人の酔っ払いにからまれていた。

いずれも腰切り半纏、古袷の、日傭らしい男たちで、おそらくお歯黒どぶ沿い、裏道の切り店帰りの男たちだろう。

安女郎に振られての、モヤモヤしての帰り道に、三途の川の脱衣婆ぁ、遊女殺し、と評判の悪いだつにたまたま出くわし、鬱憤を晴らす気にでもなったのか。

気持ちはわからないでもないが、うそでも同心の若菜が、まだ日の明るいうちから女ひとりに何人もの男たちがからんでいるのを、見過ごしにはできない。

「ここは天下の往来だ。人目もある。みっともねえことはよしにしねえな」

割って入った若菜に、

「だけど、旦那、こいつはあの脱衣婆ぁのアマですぜ。どれだけの遊女がこの鬼婆ぁに泣かされたかわかったもんじゃない。こんなけだものをのさばらせておいたんじゃ江戸っ子の名折れだ」

さらにそう食いかかってくるのを、

「やめろと言ってるんだ。それとも、てめえら、一刷毛に番所にひったててやろうか」

一喝し、散らせた。

「大事ないか、だつ」

「はい、旦那、おかげで助かりましたよ」

「なに、要らざることをした。あんなやつら、おまえ一人でさばけるのはわかっているんだが、手間をはぶきたくて、ついよけいなおせっかいをしたやつさ」

「旦那、ちょっとつきあっちゃあ、いただけませんか」

「どこへ？」

「なに、すぐそこですよ」

だつはそう言い、若菜の返事も待たずに、大きな風呂敷包みを載せた大八車をがらがら引いて、先に歩みはじめた。

「その大八車は何に使う？」

「あたしは脱衣婆ぁのだつですからね、この大八車でよく、責め殺した遊女の死骸を投げ込み寺まで運ぶのさ。人さまから嫌われるのも自業自得――おや、何を笑っておいでだえ」

「だつ、ここに二つある、これは何だ」

「目んたまですかねえ。よく見れば、かわいい目をしておいでだ」

「そうさ、目んたまさ、おれはこいつでおまえを見たよ」

「あたしの何を見た、と言いなさる？」

「このまえ、おまえと会ったとき、店先に托鉢の坊主が立った。ふつう乞食坊主は人から邪険にされるものだが、おまえはこっそり坊主に親切にしていた。どうしてどうしてあれは三途の川の脱衣婆ぁにできることっちゃない」

「何をおっしゃりたいので、旦那」

「とりわけ、何も。ただささ、おれの友達が――いや、あいつはダチなのかな、まあ、何でもいいや――おれのダチがおれのことを女にウブだとそう言いやがった。お笑いグサだがね」

「あたしはお笑いグサとは思いませんね。たしかに旦那は女にウブでいらっしゃる。もしかして旦那、童貞ですかえ」

「ば、馬鹿な、そんなはずねえだろ！　いや、まあ、その女にウブなおれがだ。姫雪太夫だけには初対面のときに、素肌を見せて欲しい、とそうのたまった。二つの尊い玉のような、光り輝く乳房を拝ませていただいたよ」

「おや、それは目の果報」

「とぼけるのはそれぐらいにしてもらおうか。これじゃあ、いっこうに話のはかがいかない――おれが何を言いたいのかわかってるはずだぜ、だつ。女にウブなおれが初対面の女にあんなことを言い出せるはずがないんだ。あのとき、おれは姫雪太夫に煙草を吸わせてもらった。あれは阿片だったんだな、姫雪太夫は阿片遣いなのさ。阿片を吸わされて、女にカラ意気地のないはずのおれが、こともあろうに吉原一の美女の姫雪太夫に素肌を見せて欲しいと言い出した。あれはおれにわざと胸のすり傷を見せるための小刀細工——ざまはねえ、まんまと引っかかった。姫雪太夫が阿片遣いでいられるのは、だっ、おまえの助けがあるからに相違ない。ふん、笑ってやがる、笑え、笑え……」

「気を悪くなさらないでくださいよ、なにも悪く笑っているんじゃありません……いや、いい子に育ったと思いましてね、ありがたいと思ってるのさ、坊ちゃん、わか」

「このまえ、捕り方にかこまれたとき、どこの誰とも知らぬお人に助けられた。あれはただ者じゃなかったよ——これまで、かけちがって、お目にかかったことはないが、川衆には、おいらんだの雪、という阿片遣いの術者がいると聞いたことがある。オランダ国渡りの阿片遣いとは聞いてはいるが、それにしても、おいらんだ、はおかしい、と不審に思っていたのさ。あれはオランダと、花魁、をかけあわせたんだな——あれ？　おい、だっ、それは何だ？　どこに行くんだ？」

「こう、おいでなせえ、わか——」

吉原の西にぼうぼうと草が生い繁った小高い塚のようなところがある。その草叢をかきわけて進むと人目に触れない隧道(ずいどう)がぽっかり目のまえにあいた。

「この隧道はお歯黒ドブの下を通っていますのさ。遊女を責め殺した、これから死骸を投げ込み寺に捨てにいきます、と楼主にはそう言って、ここから遊女を外に連れ出す、逃がしてやる」

だつは白い歯を見せて笑った。そうやって無邪気に笑うと、彼女はことのほか容貌のととのった、いい女で……

「吉原は女の地獄、お歯黒ドブは三途の川――だつはだつでも、あたしのだつは、脱衣婆ぁのだつじゃない、脱出のだつなのさ」

隧道を抜けると、そこは吉原敷地内の西の端で、「西河岸」と呼ばれる裏通り。

そこにいまにもぶっ壊れそうな小さな掘っ立て小屋があった。

その外に大八車を残し、たてつけの悪い戸をがたびし開けて、なかの暗闇にだつが声をかけた。

「いるかえ」

と――

「いるよ」

いつもながらに調子のいいかまの声が返ってきた。

四

若菜は足を引きずりながら、小屋に足を踏み入れ、

「おれだ、かま、おまえ、大丈夫か」

闇のなかに、ひゃっ、ひゃっ、という、あのいつもの笑い声が聞こえ、

「って、いまのあんたが言うかね。あんたのほうがよほど大丈夫じゃないように見えるけどね」

しかし、その笑い声はつねの精彩を欠いていた。こころもち元気がない。

小屋は窓がない。暗かった。

が、戸口から射し込む夕日に、ぼんやり小屋の奥が浮かびあがっている。

いろんな道具が雑然と積みあげられている。その簀の子のうえに、これまで、かまは身を横たえていたようだ。

右の袖が断ち切られている。上膊部(じょうはくぶ)に巻かれた包帯に血が滲み痛々しかった。

その青ざめた顔は、これまで若菜の記憶にないほど弱々しいものだったが、

「さすがに蘇鉄喰いは凄いや。三人がかりで、いきなり襲われ、おれも泡を吹かされた。二人、やっつけるのがやっとさ。三人めはなかでも凄腕でね。斬り殺されたふり

をして堀に飛び込んで逃げた」

その口調にはいつものふてぶてしさが戻っていた。この場合に、笑っている。

「聞いたぜ。あんたのほうは蘇鉄喰いの示現流の師範代だというじゃないか。とびきりの強敵だ。よくそれでそれぐらいの怪我で済んだものだ。感服つかまつったよ。ところで──あんた、気づいてるんだろうね」

「ああ……」と若菜は肯いて、「おれの敵と、おまえの敵があとをつけてきている。灰かぐらの野郎が、おれを呼んで話をしたのは、もともと、おれのあとをつけて、おまえの居所を探りあてるためだったのだろう。はなから、おまえが生きてるのを知っていやがったのさ」

「送り狼がつけてるのを知ってて、あんた、ここまでやってきたのか。ひゃっ、ひゃっ……あいかわらず、いい度胸だね。だけど、それなら、おれを巻き込まないで欲しかった。はた迷惑もいいところ。ひとりでやればいいのに、さ」

「ふん、何を言いやあがる。おれも、おまえも、どうで、けりをつけなきゃ、腹のムシがおさまらねえ──そうじゃないか」

「だよね」とかまは笑って、「だけど、蘇鉄喰いは強敵だよ。あんた、もしかして童貞のままで死ぬことになるかもしれないけど、それでもいいのかえ」

「誰が童貞だ」

「ふふ、冗談さ、ほんの冗談だよ」

かまの笑い声はいつになく優しかった。

すると――

ふいに、バリバリ、バリ、と轟音がし、壁を突き破って、二人の男が飛び込んできた。

破れた壁から射し込む夕日に二人の刀が血のように赤い光を曳いた。

若菜が動いた。

すかさず前転し、薊野十内のまえに体を投げる。起き上がりざま、薊野の剣の死角に入り、かわせみを抜いた。

かまも動いた――かまいたちを天井に投じ、梁に巻きつかせる。みずからの体を振り子のように浮かせると、宙を翔け、襲撃者の背後に下り立った。

なみの剣士であれば、二人の動きについてこれなかったろう。

が、彼らはいずれも、蘇鉄喰いでも有数の剣士であり、示現流の名手でもあって、その反射神経、動体視力は、ふたりの川衆にも劣らぬほど優れていた。

二人の剣士は見事に、若菜、かまの動きに対応した。機敏に反応した。その八相にかまえた示現流の剣が、猛然と風を捲いて、ふたりに襲いかかっていった。

そのとき――

ふたりの剣士のまえにとてつもなく美しいものがふわりと立ちふさがったのだ。夕日を撥ねて、燃えあがるように、真っ赤に揺らめいた。舞った。

それがはたして花魁の打ち掛けだということに気づいたかどうか？　あまりに一瞬のことで、どこまでふたりの剣士が、それが花魁道中に着るための衣装である、ということを意識しえたかどうか――

しかし、そのいわば無意識の意識とでもいうべきものが、彼らのなかに強力に作用し、それを切り裂いてはマズい、という判断へといたらせた。

――おこうが姫雪太夫に化けて花魁道中をするためには、それは絶対に破損してはならない打ち掛けなのだ……

その迷いが彼らの剣速を鈍らせた。太刀筋に微妙な狂いを生じさせた。

そして、それらは若菜、かまに、仕留めの刺突、仕留めの一颯を放つのに、十分なだけの隙をもたらしたのだった。

「あう……」

「うぐぅ……」

かわせみ、そしてかまいたちが、ふたりの剣士の喉を突き、かっ裂いた。

完全に、彼らの戦闘力を削いだ。示現流といえども、もはや二の太刀、三の太刀を送ることはできない。

血をしぶかせながら、ふたりの剣士は闇の底に沈んでいった。積みあげられた道具がガラガラと音をたてて崩れ落ちていった。

打ち掛けを小屋のなかに放り込んだのはだつのしたことだ。

彼女はこうなることを見越し、花魁の打ち掛けを風呂敷に包んで、ここまで大八車で運んできたのだろうか。

だとすると、だつは見かけによらず、たいへんな策士ということになるのだが……

しかし──

さすがに必殺示現流、こうなっても薊野十内は最後の抵抗をこころみた。

くずおれ、壁に背中を凭せかけながら、ゴボゴボと笑い、血を吐きながら、こう断末魔の捨てゼリフを切れぎれに吐いた。

「いまごろ……牛頭、馬頭のふたりが……姫雪太夫を襲っている……もはや、姫雪は死んだも……同然……」

五

若菜も、かまも手負いの身だ。

とりわけ若菜は足に怪我を負っている。足を引きずる……気ばかり焦っても、そんなに速くは移動できない。

小屋から「角海老」まではさしたる距離ではないが、それでもその裏にたどり着くのに四半刻のさらにその半分（十五分）ほどもかかったろうか。

牛頭、馬頭は、陸衆きっての殺し屋で、ものの一呼吸、二呼吸するうちに、二人、三人と仕留めるだけの腕の冴えを誇る。

四半刻の半分ほども時間を与えられれば、優に姫雪太夫を殺して姿を消すことができるのではないか。

——おれたちは間にあわぬ……

若菜はその焦燥感に身を焦がした。

「角海老」の裏手にひろがる物干し場を残光がほんのり照らし出している。

表通りの仲の町のサクラの花びらが屋根を越えて裏にまで散っている。

あかあかと空に舞う、それら花びらが、物干し竿の洗濯物にたわむれ、からみつき、この物干し場にふしぎに華やかな空気をかもし出していた。

表の、仲の町から、花魁道中を待ちかねる見物衆のさんざめきが伝わってくる。笑い声、それに三味線や小太鼓の鳴り物の響きも混じっていた。

それとは対照的に、この物干し場にはしんと人の姿がなく、まるで魔に魅入られでもしたように静まりかえっている。

「太夫は湯に入っているはず」

さすがにだつが息を切らしながら言う。

「誰かが襲うとしたら、そこ……」

若菜たちがようやく物干し場にたどり着いたとき、そこには風に舞う花びら、風にひるがえる洗濯物以外、動くものとて何もなかった。

いや、何もないはずだったのだが……

「おう」

思わず若菜たちは声をあげている。あっけにとられた。

それというのも――

「角海老」の屋根の物干し台にかかっていた絢爛たる衣装が、ふいに生を宿しでもしたように、裳裾のほうからふわふわと空に昇っていったからだ。

それを追うように、空色綸子の帯、緋ぢりめんの肌襦袢が、やはり空に舞いあがり、風に踊る。

サクラの花びらともつれあい、たわむれあい、残照に燦めいた。まるで夢のように。

そして――

見るまに、それらの衣装が真っ赤に染まり、にわかに重さを増したかのように地上に一直線に落下してきた。

最初に打ち掛けが落ちた。

くるくると巻かれていた衣装が、端からほどけ、なかから女人が転がり出てきた。

牛頭——

喉を切り裂かれて絶命していた。

次に落ちてきたのは帯で。

その帯に首を絞められ、やはり息絶えているのは馬頭……

地面に落ちて同じように転がった。

「………」

若菜には自分の見ているものが信じられなかった。

あれほどまでに殺しの凄腕をうたわれた牛頭、馬頭が、こうもあっけなく仕留められていいものか。

「ひめ……」

だつが声を放った。

それに応じるように、屋根のうえに、姿のいい痩身が残照にくっきりと濃い影を刻んだ。

黒い忍び装束に身をつつみ、どろぼう頭巾に顔を包んでいる。遠目にも、はっきり見えるのだが、その裏地に紫と紅の縮緬を用いているのが、夕日に艶やかに燦めいている。

顔のまえ、右に、逆手にかまえている刃物が夕日を撥ねて真っ赤に滴る。

それが話に聞いた小刀針——

遊女の責め苦に使うという拷問針で。

ふいに女は身をひるがえし、屋根から物干し台、それに地面へと、飛鳥のように翔けめぐった。

トン、と軽やかに地に下り立ち、若菜のまえにすらりと立って、花のように美しい笑みを洩らした。

「ひめ……」

と、かまがこの若者らしくない、ひどく殊勝な声をあげたが、いまさらもう若菜はそんなことにおどろきはしない。

「姫雪太夫……」

とつぶやいて、おいらんだの雪、と言いかえる。

ゆきはそれに、わか、と明朗に応じて、

「思い出してくれた？」

「うん、思い出した——と言いたいところだが、面目ない、どうも、いま一つ、はっきりしない」

「ふふ……わかは変わらない。あいかわらず薄情だ。わたしはこんなにはっきり覚えているのに……」

「だから、面目ない、と謝っている」

「嘘だよ、嘘──覚えてないのもムリはない、最後に別れたとき、わかは十三歳で、わたしは十一歳だった。ほんの子供だったし、いまとはぜんぜん違う」

「そう……」

若菜はぼんやり肯いた。

いまだに何がどういうことなのか事情がはっきりしない。

ただ、神隠しに遭っていた三年ほどの間、どこかでゆきと一緒に過ごし、遊んだ記憶がほのかに残されている。

ゆきに言ったように、ふたりの間にどういう事情が介在したのか、あのころ何があったのか、はっきりしたことは何も覚えていない。ただ、ちぎれちぎれの記憶の断片めいたものが、頭のなかに去来するだけだ。

──わかは奉行所に行かせる。ゆきは吉原に行かせる……これで昼と夜、表と裏の江戸をあまねく覆うことができるはずだ。陸衆に伍して戦うためにはそれ以外に方法はない……

誰かの言葉が頭のなかをよぎったように感じた。鮮烈に。

しかし、それが誰の言葉なのか、何を意味する言葉なのか、それもまた若菜にはわからないのだった。

いずれにせよ——

いまは過去のあいまいな記憶に拘泥しているときではない。彼ら川衆にはやるべきことがある。

「わか」

おこうが姿を現した。

華やかな花魁の姿になっている。これから彼女は姫雪太夫に扮して花魁道中をしなければならない。そして灰かぐらの茂平の手の者に殺されることになっている……

「積もる話はあとで」

とゆきはそう言い、右手に、細い鎖につながったものをかざして見せた。

「わか、かま、これを取って——これは異国の懐中時計よ。ネジは巻いてあるし、時間も合わせてある。わたしも同じものを持っている……」

言われるままにふたりは懐中時計を手に取った。

「南蛮時計の時刻の見方はわかる？」

「ああ、大丈夫だ——それぐらいの知識はある」

「おれも知ってるよ」

ふたりが異口同音にそう言うのをたしかめて、

「いまは六時二十ミニュートまえ……花魁道中は六時ちょうどごろに始まる――花魁道中は大見世には大切な行事。さすがの灰かぐらの茂平もこのときばかりは三人ともに姿を見せる。もっとも三人バラバラに離れたところにいるけどね。だから――」

「この懐中時計で時刻を同じに見はからって、おれたち三人が、三人の灰かぐらの茂平を同時に殺す……」

「ひゃっ、ひゃっ……あいつらをバラバラに殺したら、最後に生き残ったひとりが、またすぐに三人に戻ってしまうからね。いつまでたっても、きりがない」

「灰かぐらの茂平は、わたしたち川衆を皆殺しにしようと企んでいる。その企みを粉砕し、あいつを殺すには、いま、このときの花魁道中を措いて他にない。これがわたしたちに与えられた唯一の機会……」

「それで何時に」と若菜が訊く。「あいつを殺ればいい？」

「六時三十ミニュートきっかしに」

ゆきはそう言い、おこうを見やると、おこうさん、と声をかける。

「わかってるよ、ゆき、わたしに抜かりはない」

どうしてか、ゆきを見るおこうの頬がかすかに赤らんでいた。

「だつさん、この界隈に、おれの仲間の丑と、も、ん、もんのふたりがいるはずだ。あいつらを呼んでくれ」

「あのふたりのことなら知っている。心配は要らない。すぐに見つけ出す」

だつは姿を消した。

「それじゃ、かま、ゆき」

「あいよ、六時三十ミニュートに」

「ええ、六時三十ミニュートに――」

三人が消えたあとには、ただサクラの花びらが狂おしいまでに舞うばかり。

第九話　三人おかぐら

一

春の夕暮れ……

五十間道のとある茶屋の掛行灯に灯が入った。

「編み笠茶屋　潮来（いたこ）」――

もともと編み笠茶屋とは、吉原遊びをする武士たちに、顔を隠す編み笠を貸すことから生まれた名称だったのだが、時代は移り、いつしか武士の姿は吉原から消えた。

ここ、「潮来」も、編み笠茶屋とは呼ばれているが、その内実はまったくの引手茶屋であり、武士ではなしに、もっぱら内福な商人（あきんど）たちを客にしている。

しかし、この日はめずらしく大身らしい武士が主客となっていた。

しかも、その主客たる武士が、花魁道中をあつらえ、「角海老」の花魁・姫雪太夫をこの「潮来」に迎える運びになっている。

が、華やかな花魁道中を迎えるにしては、その武士の座敷には芸者も、幇間もおらず、奇妙にしんと静まりかえっていた。

十五畳もの広い座敷に、ただ一灯のみをともし、ほとんど料理にも手をつけず、ただ黙々と独酌をつづけているのは……

あの矢部定鎌老であった。

矢部は幕臣の子に生まれ、持高三百石の身分から出世の階段を上りはじめ、ついに一千五百石・火盗改め職を任ぜられるまでにいたった。

その先も、堺奉行、大坂西町奉行、三千石の御勘定奉行へと栄転に継ぐ栄転の華麗な経歴を残したのだったが……

思わぬことで頓挫をきたすことになった。その屈託が、その老いの顔になおさら深いしわを刻んでいるようである。

ふと、

――来たか。

窓の外に目を向けた。

花魁道中の華やかなさんざめきが聞こえてきたように感じたからだ。

が、開け放たれた窓からは、舞い散るサクラ以外は何も見えず、五十間道を行きかう人々の話し声、その笑い声以外、何も聞こえてはこなかった。

――姫雪太夫が来るにはまだ間があるか。

いや、矢部にあっては、姫雪太夫というよりも、

――花蘭陀(おいらんだ)のゆき……

のほうがなじみが深いかもしれない。

江戸城中の権力争いに敗れ、先代将軍の逆鱗に触れて、西の丸御留守居役の閑職に落とされたのは、ほぼ三年まえのことである。

もちろん、そのまま朽ち果てるつもりはなく、すぐに猟官運動に取りかかり、一年まえ、小普請支配の職に返り咲いたのだが、それで満足する彼ではなかった。

そのあと矢部が、野望の先に見すえていたのは、長崎奉行職であった。

出島を通じての通商は、旨味に富んでいるし、人脈をひろげるのにも都合がいい……そのように考え、ひそかに長崎奉行にまつわる情報収集にとりかかったのであるが。

そのおりに妙な噂を聞いた。

――江戸吉原に、和蘭陀(オランダ)渡りの麻薬を、長崎から定期的に授受する女性(にょしょう)がいる。

というのがそれである。

その女性は、その麻薬に、名高い外科医・華岡青洲(はなおかせいしゅう)が開発した麻酔薬(つうせんさん)を配し、さら

には麦から採取される独特な成分を加え、花蘭陀、という特殊な麻薬を調合するのだという。

あまりに特殊にすぎて、それはむしろ魔薬の名にこそふさわしいのだという。

彼女の名を花蘭陀のゆき――すなわち魔薬遣いである。

矢部が聞いたかぎりでは、ゆきは魔薬を売るわけでもなければ、人を魔薬中毒におとしいらせるわけでもないらしい。

ただ、煙を嗅がせる。

それで人を夢幻の境地へと誘う。のみならず、ゆきはその夢幻を自在に操ることさえできるのだという。しかも中毒性はなく、習慣性も皆無というのだから、まさに魔薬……

昨年の秋のことである。

興の趣くままに、花蘭陀のゆき、のことを探るうちに、これからあれへと奇妙に話が転がって、いつしか吉原で、姫雪太夫という花魁を呼ぶ仕儀にいたった。

すべては成り行きといっていい。

その初会、人払いをした座敷に現れた姫雪太夫の、あまりの美貌に目を見はらされたのだが、

「あちしが、矢部様おさがしの花蘭陀のゆきでありんすわいなあ」

と聞かされたのには、なおさらおどろかされることになった。

それよりも何よりも——初会の決まり事である煙管の吸いつけをしたのち、魂を天に遊ばせるような、めくるめく快楽(けらく)にわれを忘れ……それから目覚めると、自分がいまだに衣類を着けたままであり、すべては夢のなかのことであったのに気づかされたのには……いや、おどろいた、などというありきたりの言葉では片づけられない、まさに驚天動地の出来事としか言いようのないことであった。

「わたしはこのようにして男たちをもてなします。つまり、男をもてなさずに、男をもてなす……これからお話を進めさせていただく必要から、矢部様にはこのからくりを知っていただきましたが、男たちはこのことに気づきません。これが姫雪太夫のもてなしであり、花蘭陀のゆきの魔法なのです」

もはや姫雪太夫は、馬鹿ばかしい吉原のありんす言葉など使おうとはせずに、淡々と話を進めるのだった。

もちろん姫雪太夫はそうとはっきり言い切ったわけではないが、その言葉の端々から、彼女がまだ処女(おとめ)であるらしいことがうかがわれた。

処女の花魁！

まさに想像を絶する存在であるが、ゆきの正体はさらに想像を絶するものであった。

「お聞きおよびでしょうか。『角海老』の灰かぐらの茂平は、陸衆の幹部であるところの、五人組なのです。もちろん、矢部様は陸衆のことはご存知でしょうが……それでは川衆のことはお聞きになっておられますか」

もちろん、江戸に陸衆なる闇の組織が存在し、権現様ご入府以来、泥棒株を持ち合い、強固なる寄合を結成している、というのは火盗改めのころに聞きおよんでいる。

奉行所、火盗改めといえども、陸衆を検束することはできない。いや、それどころか、共存共栄をはからなければ、江戸の治安を保つのは不可能といっていい。

それでは川衆はどうか？

川衆の存在もおぼろげに聞いてはいた。

が、川衆は、陸衆ほどの勢力は持たずに、いつしか歴史のひだに織り込まれ、その暗部に消えていった、と見なされていた。

まさか、その川衆がいまだに残存しようなどとは——しかもゆきはその一人であり、陸衆の動静を探るために「角海老」に潜り込んだなどとは……思いもよらぬことであった。

「それまで陸衆は幕府とは共存共栄の比較的穏当な関わりをつづけていたと聞いています。それが文政十一年（一八二八年）の、かの『シーボルト事件』以来、にわかに不可解な蠕動を見せるようになったのだそうです——おそらくは何らかの大きな目的があり、それを妨げる可能性のあるものは、まえもって排除しておきたいという思いからのことでしょうが――陸衆は、川衆の殲滅にとりかかったのでした……川衆の幹部はそのことを深く憂慮し、陸衆の動向、その意図するところを探らせるために、幼いわたしをこの吉原に――そして、もう一人をべつのところへと――潜入させたのでした。幸い、わたしが魔薬遣いであることも、その魔薬を用い、禿から、振り袖新造、花魁へと、吉原の、ほほ、出世を遂げ、あわせて陸衆の動向を探っていることは、これまで灰かぐらの茂平に知られることはなかったのでした。ところが――あることをきっかけに、灰かぐらの茂平は、わたしの正体を疑うようになったのでした」

そこまで話すと、ゆきは顔をあげ、ヒタと矢部を見すえたのだ。その視線の揺るぎない強さは、いまも矢部の記憶に焼きつけられている。

「矢部様は長崎奉行などではなしに、いっそ江戸町奉行におなりになるお気持ちはございませんか。江戸の南町奉行に就かれるお気持ちはございませんでしょうか」

「わしが南町奉行に……」

「はい、もしおなりになりたければ――してさしあげます」

「わしが南町奉行になる……まことか」

「はい、わたしにはその力がございます」

一度は失脚し、どうにか小普請支配に返り咲いたにすぎない矢部にとって、南町奉行職を得るなど、まさに天の星をその手に摑むのに等しい難事業にも思えることだった。

——ほんとうにそんなことが可能なのだろうか？

半信半疑ながらも、その野望は矢部の胸のうちにめくるめく大輪の花を咲かせ、もはやそれなくしては、おのれの人生が考えられないまでになってしまった。

そのときの矢部からは、もしかしたらそれもまた、ゆきの魔薬の一作用であるのかもしれない、とまで考えをめぐらす余裕は失われていた……

「わしは何をすればよいのか」

そう尋ねたときからゆきの術策にはまっていた……いまにして思えば、そうなのかもしれない、とも思う。

ゆきは、矢部に、南町奉行所同心の椹木采女に接触しろ、と言った。そして、陸衆のことを探索させせろ、と……

矢部は小普請支配の役職にあり、江戸町奉行所とは何のかかわりもなかったが、それでも椹木采女が奉行所きっての捕り物名人だということは聞いていた。

それほどの逸材が、たとえ幕内の要職にある身とはいえ、一部外者にすぎない矢部の依頼になど応じるものだろうか。にべもなく拒絶されるのではないか。

が、意外なことに、椹木は、矢部の依頼を一言のもとに撥ねのける、などということとはせずに、まがりなりにも話を聞いてくれたのだ。

もっとも、だからといって、陸衆を探索するわけではなく、言を左右にし、のらりくらりと逃げまわるばかりだった。

果ては、川瀬若菜、などという若い、無能な同心を、自分のかわりに推挙しようとさえした。

川瀬はまったくの役たたずで、結局は矢部を失望させるだけに終わったのだが。

矢部には、どうにも椹木の真意がわからない。どうして依頼に応じるでもなく、拒絶するでもなく、どちらつかずの態度をとりつづけるのだろうか。

それがために矢部は、姫雪太夫と椹木采女との間で、いわば板挟みのようなかたちになって、そのことがなおさらに南町奉行の職に執着させることとなった。

そして……

とてつもない大仕事が矢部のもとに転がり込んできた。

とてつもない大仕事……それはほとんど不可能とさえいっていい仕事だったが、それを見事に成し遂げれば、矢部は南町奉行の重職に抜擢されることになるだろう。

この世に、それを成し遂げられる者がいるとしたら、それは姫雪太夫を措いてほかにはいない。

その確信のもとに、こうして矢部は彼女に会いに来たのだったが、しかし……

窓から舞い込んできたサクラの花びらが、盃に落ち、酒に浮かんだ。

それを見て、また矢部の視線が窓の外をさまよい、

「姫雪太夫はまだか」

というつぶやきとなって、こぼれた。

二

吉原は二万坪もの広大な総面積を擁する。

大門から南西に見て、突きあたりの水道尻まで、一本、まっすぐに中央を貫いているのが仲の町――

仲の町の右に、
江戸町一丁目。

揚屋町。

京町一丁目。

と、三本の表通りが平行して横に並び、お歯黒どぶ沿いの浄念河岸まで達している。

逆に、仲の町の左には、

江戸町二丁目。

角(すみ)町。

京町二丁目。

と横に並んで、やはりお歯黒どぶ沿いの羅生門河岸まで達する。

仲の町から表通りへの折れ口にはそれぞれ木戸門がついている。

いまは暮れ六つ(夕六時)、酉の刻すこしまえ……

花魁道中は、花魁のいる遊女屋から、客の待つ引手茶屋まで、ねり歩きされるのがふつうである。

が、今回はそうではない。

数ヵ月まえに、水道尻の火の見櫓が焼失してしまったことから、いわばその厄落としの意味をこめ、水道尻から異例の長距離にわたる花魁道中が実施されるのだという。

異例なのはこれだけではない。

吉原内では――医師以外――何人（なんびと）といえども駕籠に乗るのが許されていない。ところが今回の花魁道中にかぎって、「角海老」の楼主、茂平が駕籠に乗り、花魁道中に随行することを黙認されているのだ。

なぜかはわからない。それだけ灰かぐらの茂平が大物ということなのだろうか。それとも……

茂平の側に、姫雪太夫の花魁道中に随行するのに、あの装甲駕籠に乗り、見物客たちからおのが姿を隠さなければならない、なにか特別なわけでもあるのだろうか。

特別なわけ――たとえば、この花魁道中の間に、何としても姫雪太夫を殺さなければならない、とでもいうような……

花見気分に浮かれる雑踏のなかを――

三人、四人……と愛くるしい少女たちがクスクス笑いながら駆け抜けていく。

禿たち――花魁の身のまわりの世話をする、お付きの少女たち。

少女たちが笑っているのは、彼女らがその手に小さな、丸い、青銅の香炉を持っているからだ。

細い鎖がついていて、それを振り回し、香の煙をまわりに振りまく……

もとより南蛮渡りの品で、異国の寺院にて、イエズス・クリストス、あるいは聖母マリアを言祝ぐ儀式に、僧侶のお付きの子供がこれを用いるのだという。

これにて香を撒けば、天上の芳香が周囲に満ち、信徒を天国(ハライソ)の法悦へと誘う。

ただし、いま禿たちがしきりに仲の町に振り撒いているのは、たんなる香ではなしに、花蘭陀(おいらんだ)のゆきの魔薬なのであるが……。

少女たちはキツネの面を被っている。吉原稲荷のキツネの面……もちろん、これは少女たちが香炉の煙を吸い込まないための工夫であった。

あわあわと舞い散るサクラに、魔薬の香りが纏(まつ)わるようにからみつき、ただでさえ陶酔を誘う春の宵闇を、なおさら熟させる。官能的なものにする……

もちろん禿たちはそんなことは承知していない。自分たちが何をしているのかわかってはいない。

ただ、言われるままに、香炉の煙を撒き、その煙が紫色に渦を描いて、尾を曳いて春の宵にたなびくのを、おもしろがって、遊んでいるだけなのであるが。

「おっと待ちない」

遊び人らしい男が少女の一人を呼びとめて、

「おめえ、ついさっき、あのだつのけだものと話をしていたが、まさかのことに、あいつにいじめられたんじゃねえだろうな」

「大丈夫」

「大丈夫なもんか。あのだつにひどい目にあったり、折檻されたりしたら、遠慮はいらねえ。おれたちにそう言いな。おれたちはもうしばらくここにいるからな。よしか」

「あい、あい」

少女たちは笑いながら男たちのもとから走り去る。

だつが、遊女たちを責めたり、折檻したりするというのは、当人がみずからそう喧伝していることで、事実からは、ほど遠い。

周囲にそう思わせておいたほうが、遊女たちの苦境を救ったり、ときに吉原から脱出させたりするのに、なにかと都合がいいからに他ならない。

それはもう禿たちも、子供ながらによく承知していることであるから、小鳥の群れが囀りあうように、ただ笑いながらその場から走り去るのだった。

人目のないところで、

「だつ姉さん、怖い」

少女の一人がだつに抱きついた。

「どうかしたのかえ」

だつは優しく少女の頭を撫でる。

「あそこの傍屋（はたや）さんの軒下に大きな蜂の巣があるの。香を振り回したりして蜂が怒りやしないかしら」

「大丈夫だよ、こちらが手出ししなきゃ、蜂だって人を襲ったりはしないものさ」

「でも、こんなに大きいんだよ」

「大丈夫だよ、大丈夫」

そこへ、

「だつ姉さん」

「だつ、だつ」

「だつさん、だつさん」

ほかの少女たちが先を争うようにだつに抱きついてきた。

「どうした？　わたしのかわいいスズメたち、何をそんなに囀るの？」

だつは少女たちの頭を撫でる。

「だって、もうお香がなくなったんだもん」

「もっとお香をおくれ」

「おくんなさいまし、おくんなさいまし」

「わかった、わかった、さあ、これをもってお行き、わたしのかわいいスズメたち
――もっと、もっとお香をばらまいて、色に惚けた男たち、欲にくらんだ男たちを、たんとたぶらかしておやり」

「あい、あい」

走り去る少女たちの、紅ぽっくりの足元からサクラの花びらが舞い上がり。

屋根を越え、春のおぼろ月夜をかすめ、ヒラヒラ落ちいく先は、どことも知れぬ闇のなかなので……

その闇のなかに。

若菜と、かまと、ゆきがいる。

三

おそらくここはどこかの天井裏なのだろう。

ただ、暗い。

その闇のなかに、まずは若菜の声が、

「陸衆は、薩摩の意向をくんで、江戸の町に、火付け、強盗(おしこみ)、強姦(つっこみ)と、暴れに暴れて、幕府(おかみ)の威光を失墜させるつもりであるらしい。その急先鋒が灰かぐらの茂平で――ふん、おかみの威光など、おれたち川衆の知ったこっちゃあないが、そうまで人を泣かせるとあっちゃ、盗人の仁義に欠ける。道義にもとる。泥棒神ヘルメス様に申し訳がたたねえ。ここはどうあっても、そうなるまえに、灰かぐらの茂平を斃さなきやならねえ」

　つづいて、ゆきが、

「そうは言っても、灰かぐらの茂平は一人で三人、三人で一人――。この三つ頭を同時にかき切らなければ、斃すことはできません。さいわい、灰かぐらの茂平は、わたしがすでに牛頭、馬頭に殺されたと見ている。花魁道中でじゃしゃり歩くは、わたしに化けた七化けのおこうさんと見做(みな)している……茂平は、そのおこうさんを、道中の最中に殺されるのを見とどけるつもり……ここに、わたしたちが八岐大蛇につけいる隙がある」

「どうして、そうまでして茂平は、ゆきさんを殺さなきゃならない、と思い詰めたものなのか？　どうも、おれには、そこのところがもう一つ、わからねえのだが……」

「わたしがすこし調子に乗りすぎたのかもしれません。ロディ・ヘイドンからプレゼントされた指輪には、陸衆を介しての、薩摩への密書が封じ込められていた。わたしはあらかじめ、ロディに魔薬をかけ、そのことを聞き出しておきました。ロディが、祖国の利益のため、日本を第二の清国にしたてて、魔薬を国内に蔓延(まんえん)させようとしていることも、それで知りました――その企てに、陸衆が乗り、薩摩が乗った。それで、アイ・ラヴ・ユー、も凄まじいわねえ」

「ええと、おれにはすこしわからない言葉が混じるのだが……」

「ひゃっ、ひゃっ……プレゼントは贈り物のこと、アイ・ラヴ・ユーは――わたしはあなたにホの字なの、ということさ」

「何で、おまえがそんなことを知ってるんだ」

「こんな仲の町じゃ常識だよ。お稲荷さんのキツネだって知ってることさ」

「そ、そうか……」

「わたしが浅はかにも、指輪を守り袋に入れ、肌身につけたのがいけなかったのです。茂平は、幇間の鯱に命じて、お座敷の余興にまぎれ、それをカミソリで切り取らせた。このままでは、ワージントウ号に積まれた大量の鉄砲、大砲が、薩摩の手におちる。日本国を阿片でいいように蹂躙されてしまう。これをどうにかしなければならない……それで思いついたのが、あなたのこと――無理を承知で、あなたに連絡をつけることにした。そのやり方が、あまりに強引に過ぎたのは、いたしかたのないことで、わたしとあなたは、よんどのことがなければ、たがいに連絡しあっちゃいけない、と川衆を出るときに、長老から言いつかっていたのですから」

「そうなのか、おれはそれさえ覚えちゃいないのだが」

「それでいいの。わたしたちは、たがいに遠ざかるように、子供のころから仕込まれていたのですから……ただ、わたしが、わか、あなたよりすこしばかり、おませだっただけ。それで――あなたは言われるままに、わたしのことを忘れたのに、わたしはあなたのことを覚えてた」

「おれは根が素直だから」

「ひゃっひゃっ、バカとも言うけどね」

「うっせえ」

「とにかく、それがもとで、灰かぐらの茂平は、わたしが川衆の一人ではないか、と疑うようになった。わたしを殺したほうがいいのではないか、と思うようになった。それで、だつが、つてを頼りに、殺しのかまさんに連絡を入れたのでした。かまさんなら、わたしを守り切ってくれるかもしれない、と」

「おれのことね」

かまが自分の顔を指さした。

「わかってる。それで、かまがロディを殺ったわけか」

「ええ、一つには、ロディが、日本国、とりわけ江戸に阿片をひろげようとしているのが許せなかったこと……もう一つには、そうすることで茂平の気持ちをわたしから逸らしたかったこと……こちらのほうはあまりうまくいきませんでしたけど」

「むむ、おおよそのことはわかった。まだ細かいところで、あれこれ腑に落ちないことはあるが、それらはおいおい話してもらうことにして――それじゃ、ゆきさん、そろそろ、どうやって灰かぐらの茂平を三人、同時に殺したらいいのか、という話のほ

「ゆきは、天井板に吉原の図面をひろげ、それに手燭の火をかざした。

「わかりやすいように、三人の灰かぐらの茂平をそれぞれ、茂平一、茂平二、茂平三と呼ぶことにします。いいですか。それと──わたし、わたしに化けた七化けのおこうさん、わたしに化けた七化けのおこうさんに化けたわたし……などと、いちいち言い分けるのは面倒だから、すべて、ゆき、と一言で言いあらわします。いいですか」

と尋ねて、しかし二人の返事を待たずに、話をつづける。

「ふつう、花魁道中は、自分の店から、お客様が待っている引手茶屋に、ぬしさまを迎えに道中を仕立てる。けれども一つには、つい先日、燃え落ちた火の見櫓のやぐら供養のために──ほんとうは茂平がゆきを殺害させるのに十分な時間を確保するために、でしょうけど──仲の町のどん詰まり、この図面では一番上の──秋葉常灯明のある水道尻──から道中が始まります……六時に、京町一丁目の木戸門が開いて、茂平一が、表通りから仲の町に装甲駕籠で押し出し、角町までの道のりを、花魁道中に同行する。そのあとで角町に逸れ、羅生門河岸へと向かう。その角町に逸れたところで、茂平一を、わか、あなたに狙ってもらう」

「承知」

「茂平一はふところ鉄砲の名手です。しかも近頃では、燧石発火式(フリントロック)とかいう南蛮わたりの最新銃を持っている。それを装甲駕籠のなかから撃つ。百発百中、という話を聞きます。くれぐれもお気をつけて」

「わかってるよ。以前にも、やつの銃には狙われたことがある。せいぜい気をつけることにしよう」

「茂平二は、茂平一が仲の町から角町に消えるまで、揚屋町の表通りに待機している段取りになっています。茂平一が角町に消えるのと同時に、揚屋町の木戸門を開き、駕籠を仲の町へと繰り出し、花魁道中に同道する……江戸町二丁目で、仲の町から表通りに逸れる。そのまま羅生門河岸へと向かう。そこを、かま、あなたに狙ってもらう」

「あいよ」

「茂平二は変装術の名人です。装甲駕籠を襲うのに下手に手間どれば、そのあいだに茂平二は駕籠から抜け出し、あっ、というまに、別人に化けて、見物客のなかにまぎれ込んでしまうでしょう。そうなれば三人の茂平を同時に葬るという、わたしたちの計画は無に帰することになる――どうか、そのことをお忘れなきように」

「変装術の名人か、やっかいな相手だね、おこうとどちらが上かな」

「かま、黙って聞きねえな」

「ふふ……まあ、いいじゃないか」

「最後に、茂平三は、江戸町一丁目の表通りに待機していて、茂平二が江戸町二丁目に引っ込むのと入れ替わりに、仲の町に装甲駕籠を押し出す手筈になっています。そのまま花魁道中に同道し、大門を出て、五十間道の『潮来』に向かう段取りですけど……おそらく、茂平三は、大門を出たところで、蘇鉄喰いの討っ手をくり出し――わかが、薊野十内を斃したそうですけど、蘇鉄喰いには示現流の遣い手がまだ幾らもいるでしょうから――ゆきを殺そうとする手筈になっているのだと思います。この茂平三は、五十間道に出たところで、七時三十ミニュートに、わたしが狙う」

「口で言うのはかんたんだが」若菜があごを撫でながら、「おれの見るところ、茂平三は三人のなかでもとりわけ剣術上手――そこへ持ってきて、蘇鉄喰いの剣客たちが何人も群れをなして、ゆきに襲いかかってくる。これを撃退し、茂平三を仕留めるのはなまなかにできることではない。おれや、かまも、自分たちの仕事が終われば、五十間道に駆けつけるつもりではいるが、はたして間にあうかどうか」

「勝手に決めないでくれる？　おれ、そんなこと言った覚えないんだけど」

「うるせえ」

「むずかしいのはわかっています――だけど、このときを措いて、灰かぐらの三人茂平を仕留める機会はありません。わたしの計算では、六時三十ミニュートから七時三十ミニュートのこの間だけ、三人の灰かぐらの茂平は、ともに近場にいて、それぞれの木戸門が開いたままになっているのです。このとき、三人ともに仕留めれば、まちがいなく三人おかぐらを斃すことができるはずだし、木戸門が開いているから、わたしたちが逃げるのにも都合がいいはずなのです」

「あ……」

「え？」

「いや、ゆきさん、髪にサクラの花びらが」

「ああ……ありがとう」

「ひゃっ、ひゃっ……さすがに童貞の若菜だけのことはある。女に優しいや」

「うっせえ、いつもいつも童貞、童貞と言いたい放題、出放題……ああ、何のことだ、かまの野郎、いつもながらに気が早い、もういやがらねえ」

「若菜さんとかまさんは仲がいいんですね。いいお友達でうらやましい」

「ぷふっ、とんでもねえ、おれたちはそんなんじゃない……いやな話になったから、おれも消えることにしよう」

「あ、はい」

ゆきの視線がスッと闇のなかを流れて、

「どうか、ご無事に」

「ゆきさんも」

闇のなかから若菜の声が聞こえ、それがしだいに遠のいていきながら、

「うけあい、おれと、かまとは、七時三十ミニュートには、五十間道に駆けつける。それまで早まっちゃいけねえぜ。決して、ひとりで、茂平と、蘇鉄喰いのやつらとやりあおうなどと考えちゃいけねえよ」

よしか、という声は聞こえるか聞こえないかに遠のいて。

フツリ、と消えた……

四

大門を入ってすぐ右手に、町奉行所の役人が常駐する番所がある。

川瀬若菜は暮れ六つちょっとまえにその番所に顔を見せた。

顔見知りの同心が、

「おう、どうしたい？　小伝馬町の川瀬じゃないか。吉原に何用あってのおでましだ。花魁道中のご見物か。姫雪太夫は、まさに眼福だからなあ」

「いや、それがもう、つや消しで……昨夜から腹を下してましてね。はばかりを貸してもらえませんか」

「それはおあいにく、はは、色気のねえことで」

通りすがりに、奥の小部屋を、半分、開けっぱなしの障子ごしに、チラリ、とのぞき見る。

春だというのに、いまだに無精たらしく炬燵が置きっぱなしになっている。

その炬燵に半身を入れ、同心がひとり、肘枕で、壁のほうを向いて、畳のうえに寝ころがっていた。

それを何の気なしに、見過ごし、やり過ごしながら、行きすぎて、はばかりに入った。

ふと一瞬——

何かが意識の隅に触れたように感じたが、それが何であるのか自問するほどのこともなく……次の瞬間には、もう、はばかりの窓から、屋根にスルリと身を滑らせている。

吉原では、江戸にはめずらしい二階屋が軒をつらねているが、瓦葺きは許されていない。すべて板葺きの屋根である。

そんななかにあって、この番所だけは瓦葺きが許されている。

それだからこそ、からくりもんもんも屋根にひそむことができる。

総じて超人的な身体能力を持つ川衆にあっては、もんもんは例外的な存在であって、吉原の板葺きの屋根から屋根を動きまわりなどしようものなら、それこそ板を踏み破りかねない不器用さだった。

それだから、こうして番所の瓦屋根に忍ばせたわけだが、それでさえ、

「わか……」

その声が心細げなものに聞こえた。

「ここで待ってろ、いずれ、花魁道中が大門から出てくる。そのときは頼んだぜ」

移動しながら、すばやく羽織、着流しを脱いで、帯ともども、それを風呂敷にくるみ、屋根に隠す。

黒い着物を尻端折りにし、紺の股引、紺の足袋、どろぼう頭巾……

草履はふところに入れ、足指の感触だけで板葺きの屋根を的確にとらえる。

その姿で、屋根から屋根に疾走する若菜の姿は、サクラ吹雪にまぎれ、まるで人の目にとまらない。

一度だけ、若菜が、その疾走をとめたことがある。

屋根の端に腹這いになりながら、軒下に手をのばし、仕事に必要なことをした。

が、それに費やした時間は、ほんの瞬きする間のことで、すぐにまた屋根から屋根へとわたる。

江戸町一丁目から揚屋町へと渡り、そこから、仲の町を挟んでの、対面の角町の屋

根に大きく跳躍する。

植木棚のサクラの枝に、トン、と軽く足をつき——花が散った——それを弾みに、もう一度、跳んで、角町の屋根へとわたり、さらにその先へと風のように走って……

角町の、表通りを端から端まで見通せるところで、ぴたりと屋根に伏した。

ここで、ふところ鉄砲の名手の灰かぐらの茂平を待ち伏せする計画である。

その背に、サクラ、降って、降って、降りしきる……


「ねえ、板さん、ここにあった洋灯、どこに行ったのか知らないかえ」

「ランプ？　さあ……これから料理を隅屋に届けるので、ちょい留守にします」

「何もそんなことまでしなくても……お初さんにでもやってもらえばいい」

「なに、すぐに戻ってきますので」

仲居頭に頭を下げ、かまは岡持を持つと、仕出し屋をあとにした。

花魁道中を待ちわびる人たちのなかを流れるように歩き、江戸町二丁目の表通りに入っていった。

その一方の軒下に身を寄せると、岡持から「台の物」を取り出し、路地裏に隠すようにに、それを並べた。そして、

「にゃあ」

と一声。

その声に呼び寄せられ、すぐにネコたちが集まってきた。先を争うようにして料理を食べ始める。

それを見下ろし、立ち上がり、岡持を持ったまま――

ヒョイ、と伸びあがったかと見るや、もうかまの姿は板葺き屋根にあって、そのうえを流れるように移動した。

このときも黒羽二重の着流し姿に変わりはないのに、その流れ、移動する身は、豪奢なサクラ吹雪のなかにあって、いささかも目立たない。

ふしぎな、ほとんど魔術とさえ呼びたくなるような、体術の冴えであり、滑らかな身の動きであった。

角町のある一ヵ所に到達すると、その体がスッと闇に沈んで……消えた。

ここで、かまは、変装上手の灰かぐらの茂平を待ち伏せることになる……

シャン、シャン、シャン……

露払いの男衆が、その金棒を一斉に鳴らしながら、

「やーれ」

のかけ声のもと、ねり歩き始める。

そのあとに吉原芸者衆が、片肌脱ぎに、派手な襦袢を覗かせ、たっつけ袴の手古舞(てこまい)姿で、ゆるゆる、ねり歩く。

そのなかの一人、とりわけ艶やかで、ひときわ人目を惹くのが——

七化けのおこうで、舞い散るサクラ吹雪のなか、その足どりによどみはない。

灰かぐらの茂平たちの計画では、本来、おこうは阿片漬けにされ、姫雪太夫に化けているはずなのだが……

彼らが、いまの彼女を見ても、自分たちの計画がすでに破綻したことに気づく者はいないだろう。

さすがに七化けのおこうで。

完璧に別人になり代わっている。

手古舞の芸者衆のあとには……

愛くるしい禿の集団が従う。

彼女たちはみな、あの青銅の香炉を振りまわしている。

香炉の煙が、花魁道中のうえにたなびき、それが沿道の見物衆へとひろがっていく。

素敵にいい香りで、男衆、芸者衆、見物衆、ただ一人の例外もなしに、それに陶然としている。

これこそが、ゆきの魔薬なので……

誰もが、魔薬の幻夢に誘われて、ふわふわと雲を踏み歩く心地に酔いしれる。

「だつ、だつ、これでいいの？」

禿の一人が夜空を仰ぐ。

——わたしのかわいいスズメたち。

虚空にだつの声……

——それでいいのさ。

……そのあとに花魁が登場する。

もちろん、姫雪太夫は、おゆき当人で。

茂平一党の計画では、すでに彼女は牛頭、馬頭の二人に殺され、姫雪太夫にはおこうが化けていることになっているのだが……

おこうの変装術の妙技はつとに知られているところで、一党の者誰も、これがおこうであることをみじんも疑わず、まさか姫雪太夫本人であろうなどとは夢にも思っていないにちがいない。

花魁道中での花魁は極端な高下駄を履くので、とても一人では歩けないから、男衆が寄り添い、肩を貸す。

いま、神妙な顔をして太夫に肩を貸しているのは、いざよいの丑で、後ろいっぱいに腕をのばし、大きな長柄傘を彼女にさしかけている。

そして――

ひっそりと目立たぬふうながら、つかず離れず、花魁道中に随行しているのは、吉原装甲駕籠なので。

それには、ふところ鉄砲の名手の灰かぐらの茂平が乗っているはずだった。

五

若菜はいまも角町の妓楼の屋根にへばりついている。ピクリとも動かない。

いつもの宵であれば、この表通りも大見世、中見世の張見世を冷やかす男たちで、それなりの賑わいを見せるところ。

が、いまはそうした客たちも、あらかた花魁道中の見物に出払っているし、そもそも遊女たちにしてからが、ほとんど張り見世には出ていない。

軒行灯、たそや行灯が点々と灯されているだけで、あとはただ宵闇のなかに沈み込んでいるばかり。

――もうそろそろかな。

花あかりに懐中時計をかざす。

腹這いの姿勢のまま、背中に負っているかわせみを抜いた。

仲の町から左右に入るそれぞれの表通りには入り口に木戸門がついている。

ふつう木戸門は夜四つ（午後十時）にならなければ閉まらないのだが、この日は花魁行列で混雑をきたすのを世話役が嫌って、時刻前に閉めたのだろう。

――来た……

一瞬、仲の町のざわめきが高まったように聞こえた。

何者かが木戸門を開けたからにちがいない。そして、この時刻、くぐり戸を抜けるのではなしに、わざわざ木戸門を開ける者がいるとしたら、それは茂平の装甲駕籠を通すため、としか考えられない。

用心棒のヤクザ者数人、それに食いつめ浪人たちが何人か、陸尺四人の長棒駕籠に前後しながら、角町の表通りをこちらのほうに向かってくる。

おそらく――

装甲駕籠は、浄念河岸まで突っ切り、お歯黒どぶ沿いに江戸町二丁目まで出て、そこから仲の町を横断し、江戸町一丁目の「角海老」へと戻ることになっているのだろう。

――ということは。

ふところ鉄砲の名手である茂平一が吉原から姿を消すのと入れ替わりに、今度は、変装名手の茂平二が、揚屋町から仲の町へと装甲駕籠を押し出して、花魁道中に同道する運びになっているということか。

それから先は……

――殺しのかまの仕事だ。

若菜の右手が二度、三度、閃いた。

たそや行灯が、二つ、三つ、フッ、と消える。

若菜が手裏剣を打ったのだ。

行灯の火を消した……

角町の表通りが薄闇に閉ざされる。

そのなかにあって、舞い散るサクラの花びらだけが明るい。

さすがに灰かぐらの茂平が雇い入れた用心棒たちだけのことはある。むやみに狼狽し、騒ぎたてるようなことはしない。ただ整然と前後に動いて、警護をかためただけだ。

若菜もまた、いたずらに用心棒たちの動きに動揺したりはしない。

ただ、そのときを待った。

そのときが来た。

装甲駕籠の戸の一部が、カタン、と音をたてて、穴が開いた。そして、そこから燧石(フリントロック)発火式の最新銃が銃口を覗かせた。獲物を求めるように銃口が前後に揺れる。

――いまだ！

若菜が、それまで屋根に伏せていた上半身を起こし、右腕を大きく振りかざし、それを投げた。

傍屋の軒先にあった――禿が怖いと騒いだ――あの蜂の巣を。

蜂の巣は、おびただしい蜂を纏(まつ)わりつかせながら、放物線を描きながら、装甲駕籠へと飛んでいく。

駕籠に命中すれば何十匹もの蜂がその穴に飛び込んでいくのにちがいない。いかに灰かぐらの茂平であろうと、それだけの蜂といっしょに一つ駕籠のなかに押し込められたのではたまったものではない。

必ずや、駕籠から飛び出してこずにはいられないだろう。そのときにこそ、さしもの茂平にも隙が生じる――はずだった。

が、そうはならなかった。

それというのも、駕籠の穴を開き、そこから銃口を覗かせたのは、いわば茂平の誘い水だったからで。

すかさず穴は閉じられたのだ。

蜂の巣はむなしく駕籠の装甲に当たって撥ねかえるにとどまった。路上に落ちて転がった。

巣から飛び出した蜂の群れがサクラの花びらのなかに乱舞する……

「あそこだ、あそこにいる」

その声を聞きながら、とっさに若菜は動こうとした。

が、そのときには龕灯(がんどう)提灯の明かりが何条も若菜の体のうえを交叉する。

もう逃げられない。若菜はその場に釘付けになる。

また装甲駕籠に穴が開き、そこから左手が突き出された。

手には革の帯が巻かれていて、その手を開くと、一匹の蜂が握りつぶされていた。

入れ替わりに突き出された銃口が火を噴いた。

「ああ……」

若菜の体はもんどり打って闇の底。

殺しのかまは、屋根のうえに腹這いになりながら、木戸門の開く音を聞いている。

いま──

それまで揚屋町の表通りに待機していた茂平二の装甲駕籠が仲の町に向かってそろそろと動きはじめた。

かまの体がしなやかに動いた。

岡持から取り出した洋灯(ランプ)を駕籠に向かって投げた。

ランプには火がつけられている。

かまがその名称を知っているわけはないが、いわば火炎瓶がわり——

ランプが当たり、砕ければ、駕籠は火に包まれることになる。

さすがにその熱さに耐えきれずに、茂平は駕籠から飛び出してくるだろうし、火明かりにさらされたままでは、いかに彼が変装上手であろうと、どうにも別人に成りかわることはできないはずだ……

かまがそう目論んでいたのだとしたら、その目論みはあまりに甘く、茂平二を見くびりすぎていたことになる。

シュッ！

風を切る鋭い音が響いて、一本の矢がランプを砕いた。

矢はものの見事に火を消した。

装甲駕籠にはただランプの液体だけが降り注いだ。

「ちっ」

屋根から闇のなかに跳躍したかまに。

数十本もの矢が唸(うな)りをあげて集中した。

蘇鉄喰いの弓手が放つ必殺の矢。

かまの体が空中で捻（ねじ）れた。

「あぁ……」

サクラ吹雪に消えた……

六

大門の外、五十間道——

遊蕩の帰りに、客たちがここで未練に吉原を振り返る、ということから付けられた、その名も見返り柳のあたりで。

ここにも吉原からの花びらが舞ってはいるが、門内ほどには量が多くなく、チラ、チラ、と数えるばかり……

その花びらが、フッ、と動くと、人の声が聞こえて、

「ふふ……しょせんは女の浅知恵。あんなことで、われら、三人おかぐらを斃すことができる、と本気で思ったのか。バカが。つまるところはおのれの墓穴を掘っただけのこと」

めったにないことだが、いや、ほとんどありえないこととさえ言っていいのだが。

いま、そこには三人の灰かぐらの茂平が並んで立っているのだった。

そのことこそがまさに彼らの、川衆に対する全面勝利の確信を意味し、そのことに揺るぎない自信を持っていることを如実にあらわしていた。

その背後には三挺の装甲駕籠が並んで置かれている。

無言の威圧と悪意を秘めて。

すでに花魁道中は終わっていた。

いま、そこにいるのは、ゆき、おこう、それに――左手に長柄の大傘、右手に鉄棒を持ったままの――丑の三人のみ……

それに比して、三人の灰かぐらの茂平の背後には、蘇鉄喰いの示現流剣士たちがズラリと居ながれている。

多勢に無勢というのも愚かしい。圧倒的な戦力の差だ。

もちろん、すでに高下駄は捨てているが、ゆきは紅絹裏・打ち掛けの花魁姿のまま、おこうも元のままの手古舞姿……

なまじ二人の姿があでやかに際だっているだけに、なおさら彼女たちの非力さが強調されるようで痛々しい。

五十間道に人の姿はない。

番所からも、町役人が詰める反対側の会所からも、人が出てくる様子はない。

灰かぐらの茂平の権力は、吉原を完全支配するまでに、圧倒的に強大だ。

「おれとしたことが、まさかのことに姫雪太夫のおまえが川衆の花蘭陀のゆきだなどとは、これまで夢にも思わなかった。ふふ……おまえの美しさに、これまでうかつに鼻の下をのばしていたわけだが、そうではあっても、いや、それだけになおさら、いまはかわいさ余って憎さが百倍——もう何があっても、おまえを許しちゃおかない。おまえたちにはここで死んでもらう」

毒々しく、憎体にそう言い放ったのは、おそらく三人のなかでもっとも剣に優れているといわれる茂平三で——

その言葉のままに、スラリ、と剣を抜き払う。

それを合図のようにして、短銃を持った茂平一が、ふところ鉄砲をかまえ、ずずっ、と足をまえに踏み出してきた。

「これは連発銃なのだよ。この輪胴がまわってつづけざまに弾が発射される。おまえたち、気の毒に、あっというまにお陀仏なのさ」

「心配するがものはない、七化けのおこう——」

そう嘲笑したのは変装名人の茂平二で、

「おまえが死んだあとで、おまえの死に顔をとっくり拝見し、せいぜい、おまえの変装術はおれが盗ませてもらう。心置きなく、あの世に行くがいい」

三人の灰かぐらの茂平の笑い声が、闇のなかに炸裂し――

それを聞いて、灰かぐらの茂平たちの夜郎自大ぶりがおかしくてたまらず、つい我慢できずに、

「あは、ははは……」

若菜は笑いを洩らしてしまった。

さすがにこれには三人おかぐらもビクッとしたようだ。彼らの間に動揺が走るのがわかった。

「ダメじゃないか、わか、約束が違う。もうすこし楽しみたかったのにさ」

それにつづいて、かまがそうボヤいたのには、なおさらその動揺がひろがった。

「きさまたち、生きてたのか」

誰かがそう叫び、三人は一斉に身をひるがえし、装甲駕籠に戻ろうとした。

若菜が、

――こうなってはもう仕方がない。一気に帰をつけるしかない……

そう考えたのを見越したように、

「いい、もんもん、やりな」

いつもながらに気楽な調子で、かまがそう声をあげる。

刹那――

爆裂音とともに炎が噴き上がった。

三挺の駕籠が地面から——わずかにではあるが——浮き上がる。鉄張りの駕籠だ。これぐらいの爆発で破損することはないが、爆風で横倒しにはなる。底を見せて転がった。

「わああ……」

陸尺たちが逃げまどう。

三人おかぐらはもう駕籠に避難することはできない。いまの彼らに重い駕籠を引き起こすだけの余裕はない。

「かま、ぼくに声がけしないで。怖いから……」

三個の焙烙玉（爆裂弾）を駕籠に投げたもんもんが、
と、屋根のうえからボヤいた。

爆発音につづいて、
だあん！

と銃声が炸裂した。

かわせみを抜き払い、自分に向かって疾走してくる若菜に、茂平一が発砲したのだ。

が——

「あ、ああ……」

茂平一の顔が歪んだ。

どうしてこの近距離で、弾を外したのか、そのことが信じられなかったのだろう。

その顔を驚愕と絶望が交錯した。

おどろいたまま、あるいは絶望したまま、茂平一は、若菜に頸動脈を斬られ、死んだ。

茂平一は、蜂の群れが、駕籠に侵入するのを防ぎさえすればそれでいい、と錯覚していた。だから、わずかに一匹、駕籠に入った蜂を手で握りつぶすなどという愚かな真似をしたのだろう。蜂にはゆきの魔薬が仕込んであった。その麻薬に中枢神経を冒され、短銃の狙いが狂った……

「わたしはあんたの死に顔を見たりはしないよ。あんたの変装術には何の興味もないからねえ」

七化けのおこうがそう言い、

「うぐぅ……」

それに茂平二のうめき声が重なった。

かまのかまいたちが茂平二の喉をかっ裂いたのだ。

血しぶきをあげながら、茂平二は宵闇の底に沈んでいった。

茂平二もまた、かまの投げたランプが、ただ駕籠に火を放ったためのもの、と錯覚していた。

あのランプには、ゆきの魔薬が入っていて、駕籠は、その飛沫を浴びた。

当然、そのなかにいた茂平二も、その魔薬に神経を冒されることになった。判断力と運動神経が鈍った。

茂平三は刀をかまえたが、

「そ、蘇鉄喰い、助力を」

自分でもその動きに、いつもの切れが失われていることに気がついたのだろう。茂平三がこの男にはめずらしい悲鳴めいた声を放った。

もちろん、蘇鉄喰いの剣士たちはその悲鳴に応じようとした。

必殺示現流トンボの構えを持し、若菜、かまに殺到しようとしたのだ。

しかし……

彼らの視界を、赤い、大きな、長柄の傘が奪い——

その聴覚を、鉄棒の響きが奪った。

いざよいの丑だ。

これはすべて丑のすることだった。

傘は、くるくる回転し、サクラの花びらを水しぶきのように撥ねあげ、彼らの闘志を削いだ。

鉄棒は、シャン、シャン、と澄んだ響きをくり返し、彼らの身体能力を狂わせた。彼らも自分の身に何が起こったのか理解できなかったにちがいない。まるで夢中にあるように、気力も、体力も損なわれていたからだ。これでは示現流の必殺一刀のわざも振るいようがない。ただもう呆然とするばかりだった。

——スズメたち、よくやった。香炉の煙がきいたよ。

どこかからだつの笑い声がかすかに聞こえてきたが、むろんそれは剣士たちの耳には届きはしなかったろう。

魔薬が、剣士たちの動きを阻み、その判断力を削いだのは、ほんの一瞬のことだが、それだけの猶予が与えられれば、花蘭陀のゆきには十分だった。

サクラの花びら舞うなかに、ふわり、と打ち掛けが、艶やかにひろがった。

「ぐふぅ」

そのかげから、小刀針を胸に撃ち込まれた茂平三のうめき声……

これが川瀬若菜の作戦だった。

いかに懐中時計があろうと、三人の灰かぐらの茂平を順に襲ったのでは、その時間差が、また新たな茂平を誕生させる可能性を排除することはできない。

ここはどうあっても、灰かぐらの茂平を三人、同時、同場所に集結させ、これを一気に襲撃するほかはない……

「撤収」

若菜の声が闇にとどろいた。

それからしばらくして……

「あれ」

「どうした、かま」

「雪だよ、雪……」

「ああ、ほんとうだ、サクラの花が散って、雪が降る――妙な天気だ」

「ふふ……よかったじゃないか」

「何が、よ」

「これでサクラの花が散るのが早まる――めでたい」

「あいかわらず罰当たりな野郎だ。わけがわからねえ。どうして花が散るのが早まるのがめでたいわけがある？」

「おれは嫌いなんだよ、サクラの花が……あいつが咲くと、その根っこに死体が埋まっているような気がしてならない。あんたはそう思わないかえ」

「思わねえよ、それより」

「ああ、来たねえ、蘇鉄喰いが」

「ひー、ふー、みー、よー、ちぇっ、示現流が六人か——ここで食い止めなけりゃ、ゆきの身が危ない」

「ふふ……わか、サクラの木の下に埋められないようにせいぜい気をつけなよ」

「あいかわらず嫌みな野郎だ——おい、かま、命があったら豆腐屋に戻ってこい」

「いいのかえ」

「よくはねえが……おめえのことだ、ほかに行く当てもなかろう」

「ふふ……泊めてくれる女の当てが、三人、四人……」

「戻ってくるな、戻ってくるな。それより、かま」

「何だい？」

「花蘭陀のゆき——ほんとうに信じていいのか」

「さあね、いまはそれより」

「ああ、そうだな、いまはそれより」

　燭火に浮かびあがる姫雪太夫の姿はこの世のものとも思えないほど美しかった。

「ぬしさん、それで、あちしに何をして欲しい、とご所望かえ」

　矢部定鎌は、ごくり、と唾を呑み、

「エゲレス捕鯨船『ワージントウ号』がもうすぐ江戸湾に戻ってくる。そのまえに『ワージントウ号』を奪って欲しい……」

本書は文庫書下ろしです。

|著者|山田正紀　1974年、『神狩り』（早川書房）でデビュー、同作は第6回星雲賞日本短編部門を受賞した。『最後の敵』（徳間書店）で第3回日本SF大賞を受賞、『ミステリ・オペラ』（早川書房）で第2回本格ミステリ大賞と第55回日本推理作家協会賞を受賞。「神獣聖戦シリーズ」「五感推理シリーズ」など、多数の著作がある。近著に『ここから先は何もない』『バットランド』など。

大江戸（おおえど）ミッション・インポッシブル　顔役（かおやく）を消（け）せ
山田正紀（やまだまさき）

講談社文庫
定価はカバーに表示してあります

2019年11月14日第1刷発行

発行者――渡瀬昌彦
発行所――株式会社　講談社
東京都文京区音羽2-12-21　〒112-8001
電話　出版（03）5395-3510
　　　販売（03）5395-5817
　　　業務（03）5395-3615
Printed in Japan

デザイン―菊地信義
本文データ制作―講談社デジタル製作
印刷――豊国印刷株式会社
製本――株式会社国宝社

ISBN978-4-06-517438-8

講談社文庫刊行の辞

二十一世紀の到来を目睫に望みながら、われわれはいま、人類史上かつて例を見ない巨大な転換期をむかえようとしている。

世界も、日本も、激動の予兆に対する期待とおののきを内に蔵して、未知の時代に歩み入ろうとしている。このときにあたり、創業の人野間清治の「ナショナル・エデュケイター」への志を現代に甦らせようと意図して、われわれはここに古今の文芸作品はいうまでもなく、ひろく人文・社会・自然の諸科学から東西の名著を網羅する、新しい綜合文庫の発刊を決意した。

激動の転換期はまた断絶の時代である。われわれは戦後二十五年間の出版文化のありかたへの深い反省をこめて、この断絶の時代にあえて人間的な持続を求めようとする。いたずらに浮薄な商業主義のあだ花を追い求めることなく、長期にわたって良書に生命をあたえようとつとめるところにしか、今後の出版文化の真の繁栄はあり得ないと信じるからである。

同時にわれわれはこの綜合文庫の刊行を通じて、人文・社会・自然の諸科学が、結局人間の学にほかならないことを立証しようと願っている。かつて知識とは、「汝自身を知る」ことにつきていた。現代社会の瑣末な情報の氾濫のなかから、力強い知識の源泉を掘り起し、技術文明のただなかに、生きた人間の姿を復活させること。それこそわれわれの切なる希求である。

われわれは権威に盲従せず、俗流に媚びることなく、渾然一体となって日本の「草の根」をかたちづくる若く新しい世代の人々に、心をこめてこの新しい綜合文庫をおくり届けたい。それは知識の泉であるとともに感受性のふるさとであり、もっとも有機的に組織され、社会に開かれた万人のための大学をめざしている。大方の支援と協力を衷心より切望してやまない。

一九七一年七月

野間省一

講談社文庫 最新刊

池井戸 潤
半沢直樹 1
〈オレたちバブル入行組〉
やられたら、倍返し! 説明不要の大ヒットドラマ原作。痛快リベンジ劇の原点はここに!

池井戸 潤
半沢直樹 2
〈オレたち花のバブル組〉
君は実によくやった。でもな——本当の窮地は大ピンチを凌いだ後に。半沢、まさかの⁉

林 真理子
大原御幸（おはらごこう）
〈帯に生きた家族の物語〉
着物黄金時代の京都。帯で栄華を極めた男と父に心酔する娘を描く、濃厚なる家族の物語。

中山七里
悪徳の輪舞曲（ロンド）
ドラマ化で話題独占、「御子柴弁護士」シリーズ最新刊。これぞ、最凶のどんでん返し!

宮部みゆき、辻村深月、薬丸 岳、東山彰良、宮内悠介
宮辻薬東宮
超人気作家の五人が、二年の歳月をかけて〝つないだ〟リレーミステリーアンソロジー。

浜口倫太郎
AI崩壊
AIに健康管理を委ねる2030年の日本。突然暴走したAIはついに命の選別を始める。

円 居 挽
原作 福本伸行
カイジ ファイナルゲーム 小説版
虚と実。実と偽。やっちゃいけないギャンブルの数々。シリーズ初の映画ノベライズが誕生!

椹野道流
新装版 **壺中の天**（こちゅうのてん） 鬼籍通覧
搬送途中の女性の遺体が消えた。謎の後に残るのは狂気のみ。法医学教室青春ミステリー。

諸田玲子
森家の討ち入り
赤穂（あこう）四十七士には、隣国・津山（つやま）森家に縁深き三人の浪士がいた。新たな忠臣蔵の傑作!

塚本邦雄

茂吉秀歌『赤光』百首

解説＝島内景二

近代短歌の巨星・斎藤茂吉の第一歌集『赤光』より百首を精選。アララギ派とは一線を画して蛮勇をふるい、歌本来の魅力を縦横に論じた前衛歌人・批評家の真骨頂。

978-4-06-517874-4
つE11

渡辺一夫

ヒューマニズム考　人間であること

解説＝野崎 歓　年譜＝布袋敏博

フランス・ルネサンス文学の泰斗が、ユマニスト（ヒューマニスト）――エラスムス、ラブレー、モンテーニュらを通して、人間らしさの意味と時代を見る眼を問う名著。

978-4-06-517755-6
わA2

講談社文庫　目録

講談社文庫　目録

赤川次郎　三姉妹、清く貧しく美しく〈三姉妹探偵団21〉
赤川次郎　三姉妹と忘れじの面影〈三姉妹探偵団22〉
赤川次郎　三姉妹、舞踏会への招待〈三姉妹探偵団23〉
赤川次郎　三人姉妹殺人事件〈三姉妹探偵団24〉
赤川次郎　三姉妹、さびしい入江の歌〈三姉妹探偵団25〉
赤川次郎　沈める鐘の殺人
赤川次郎　静かな町の夕暮に
赤川次郎　ぼくが恋した吸血鬼
赤川次郎　秘書室に空席なし
赤川次郎　我が愛しのファウスト
赤川次郎　手首の問題
赤川次郎　おやすみ、夢なき子
赤川次郎　二重奏（デュオ）
赤川次郎　メリー・ウィドウ・ワルツ
赤川次郎ほか　二十四粒の宝石〈超短編小説傑作集〉
赤川次郎　横田順彌　二人だけの競奏曲
新井素子　グリーン・レクイエム
安土　敏　小説スーパーマーケット(上)(下)
安土　敏　償却済社員、頑張る

阿井景子　真田幸村の妻
浅野健一　新・犯罪報道の犯罪
安能　務訳　封神演義　全三冊
安部譲二　絶滅危惧種の遺言
安西水丸　東京美女散歩
トルーマン・カポーティ　安西水丸訳　真夏の航海
綾辻行人　緋色の囁き
綾辻行人　暗闇の囁き
綾辻行人　黄昏の囁き
綾辻行人　殺人方程式〈切断された死体の問題〉
綾辻行人　鳴風荘事件　殺人方程式II
綾辻行人　十角館の殺人〈新装改訂版〉
綾辻行人　水車館の殺人〈新装改訂版〉
綾辻行人　迷路館の殺人〈新装改訂版〉
綾辻行人　人形館の殺人〈新装改訂版〉
綾辻行人　時計館の殺人〈新装改訂版〉(上)(下)
綾辻行人　黒猫館の殺人〈新装改訂版〉
綾辻行人　暗黒館の殺人　全四冊
綾辻行人　びっくり館の殺人

綾辻行人　奇面館の殺人(上)(下)
綾辻行人　どんどん橋、落ちた〈新装改訂版〉
阿井渉介　荒南風（あらはえ）
阿井渉介　うなぎ丸の航海
阿井渉介　生首岬の殺人〈警視庁捜査一課事件簿〉
阿井文瓶　伏龍〈海底の少年特攻兵〉
阿部牧郎他　薄灯かり〈官能時代小説アンソロジー〉
我孫子武丸　0の殺人
我孫子武丸　人形はこたつで推理する
我孫子武丸　人形は遠足で推理する
我孫子武丸　人形はライブハウスで推理する
我孫子武丸　新装版　8の殺人
我孫子武丸　眠り姫とバンパイア
我孫子武丸　狼と兎のゲーム
我孫子武丸　新装版　殺戮にいたる病
有栖川有栖　ロシア紅茶の謎
有栖川有栖　スウェーデン館の謎
有栖川有栖　ブラジル蝶の謎
有栖川有栖　英国庭園の謎

有栖川有栖　ペルシャ猫の謎
有栖川有栖　幻　想　運　河
有栖川有栖　幽　霊　刑　事
有栖川有栖　マレー鉄道の謎
有栖川有栖　スイス時計の謎
有栖川有栖　モロッコ水晶の謎
有栖川有栖　新装版 マジックミラー
有栖川有栖　新装版 46番目の密室
有栖川有栖　虹果て村の秘密
有栖川有栖　闇　の　喇　叭
有栖川有栖　真夜中の探偵
有栖川有栖　論　理　爆　弾
有栖川有栖　名探偵傑作短篇集 火村英生篇
有栖川有栖／篠田真由美／二階堂黎人／法月綸太郎　「Y」 の 悲 劇
有栖川有栖／恩田陸／加納朋子／貫井徳郎／法月綸太郎　「ABC」殺人事件
姉小路　祐　署長刑事 徹底抗戦
姉小路　祐　監察特任刑事
姉小路　祐　影　の　ク　ロ　ス　〈監察特任刑事〉
姉小路　祐　緘殺のファイル　〈監察特任刑事〉
秋元　康　伝　　　　染　　　歌
浅田次郎　日　輪　の　遺　産
浅田次郎　勇気凜凜ルリの色
浅田次郎　四十肩と恋愛　勇気凜凜ルリの色
浅田次郎　地下鉄に乗って
浅田次郎　霞　町　物　語
浅田次郎　福音について　勇気凜凜ルリの色
浅田次郎　満天の星　勇気凜凜ルリの色
浅田次郎　ひとは情熱がなければ生きていけない　〈勇気凜凜ルリの色〉
浅田次郎　シェエラザード(上)(下)
浅田次郎　歩　兵　の　本　領
浅田次郎　蒼　穹　の　昴　全四巻
浅田次郎　珍　妃　の　井　戸
浅田次郎　中　原　の　虹　全四巻
浅田次郎　マンチュリアン・リポート
浅田次郎　天国までの百マイル
浅田次郎 原作／ながやす巧 漫画　鉄道員／ラブ・レター
青木　玉　小　石　川　の　家
青木　玉　底　の　な　い　袋
青木　玉　記憶の中の幸田一族　〈青木玉対談集〉
阿部和重　アメリカの夜
阿部和重　グランド・フィナーレ
阿部和重　A　　B　　C　〈阿部和重初期作品集〉
阿部和重　ミステリアスセッティング
阿部和重　IP/NN 阿部和重傑作集
阿部和重　シンセミア(上)(下)
阿部和重　ピストルズ(上)(下)
阿部和重　クエーサーと13番目の柱
阿川佐和子　マチルデの肖像　〈恋する音楽小説2〉
麻生　幾　加筆完全版 宣戦布告(上)(下)
麻生　幾　奪　　　　　還
安野モヨコ　美　　人　　画　　報
安野モヨコ　美人画報ハイパー
安野モヨコ　美人画報ワンダー
有吉玉青　風　の　牧　場
有吉玉青　美しき一日の終わり
甘糟りり子　産む、産まない、産めない
甘糟りり子　産まなくても、産めなくても

赤井三尋 翳りゆく夏
赤井三尋 面影はこの胸に
あさのあつこ NO.6〔ナンバーシックス〕#1
あさのあつこ NO.6〔ナンバーシックス〕#2
あさのあつこ NO.6〔ナンバーシックス〕#3
あさのあつこ NO.6〔ナンバーシックス〕#4
あさのあつこ NO.6〔ナンバーシックス〕#5
あさのあつこ NO.6〔ナンバーシックス〕#6
あさのあつこ NO.6〔ナンバーシックス〕#7
あさのあつこ NO.6〔ナンバーシックス〕#8
あさのあつこ NO.6〔ナンバーシックス〕#9
あさのあつこ NO.6 beyond〔ナンバーシックス・ビヨンド〕
あさのあつこ 待ってる〈橘屋草子〉
あさのあつこ さいとう市立さいとう高校野球部(上)(下)
あさのあつこ 甲子園でエースしちゃいました〈さいとう市立さいとう高校野球部〉
赤城 毅 虹のつばさ
赤城 毅 麝香姫の恋文
赤城 毅 書物法廷
阿部夏丸 泣けない魚たち

阿部夏丸 父のようにはなりたくない
青山 潤 アフリカにょろり旅
梓 河人 ぼくとアナン
朝倉かすみ 感応連鎖
朝比奈あすか 憂鬱なハスビーン
朝比奈あすか あの子が欲しい
荒山 徹 柳生大戦争
荒山 徹 柳生大作戦(上)(下)
天野作市 気高き昼寝
天野作市 みんなの旅行
青柳碧人 浜村渚の計算ノート
青柳碧人 浜村渚の計算ノート 2さつめ〈ふしぎの国の期末テスト〉
青柳碧人 浜村渚の計算ノート 3さつめ〈水色コンパスと恋する幾何学〉
青柳碧人 浜村渚の計算ノート 3と1/2さつめ〈ふえるま島の最終定理〉
青柳碧人 浜村渚の計算ノート 4さつめ〈方程式は歌声に乗って〉
青柳碧人 浜村渚の計算ノート 5さつめ〈鳴くよウグイス、平面上〉
青柳碧人 浜村渚の計算ノート 6さつめ〈パピルスよ、永遠に〉
青柳碧人 浜村渚の計算ノート 7さつめ〈悪魔とポタージュスープ〉
青柳碧人 浜村渚の計算ノート 8さつめ〈虚数じかけの夏みかん〉

青柳碧人 浜村渚の計算ノート 8と2分の1さつめ〈つるかめ家の一族〉
青柳碧人 浜村渚の計算ノート 9さつめ〈恋人たちの必勝法〉
青柳碧人 双月高校、クイズ日和
青柳碧人 東京湾 海中高校
青柳碧人 希土類少女
朝井まかて 花競べ〈向嶋なずな屋繁盛記〉
朝井まかて ちゃんちゃら
朝井まかて すかたん
朝井まかて ぬけまいる
朝井まかて 恋歌
朝井まかて 阿蘭陀西鶴
朝井まかて 藪医 ふらここ堂
朝井まかて 福袋
歩 りえこ ブラを捨て旅に出よう〈貧乏乙女の"世界一周"旅行記〉
安藤祐介 営業零課接待班
安藤祐介 被取締役新入社員
安藤祐介 おい！山田〈大翔製菓広報宣伝部〉
安藤祐介 宝くじが当たったら
安藤祐介 一〇〇〇ヘクトパスカル

講談社文庫　目録

安藤祐介　テノヒラ幕府株式会社
青木　理　絞首刑
天祢　涼　議員探偵・漆原翔太郎〈セシューズ・ハイ〉
天祢　涼　都知事探偵・漆原翔太郎〈セシューズ・ハイ〉
麻見和史　石の繭〈警視庁殺人分析班〉
麻見和史　蟻の階段〈警視庁殺人分析班〉
麻見和史　水晶の鼓動〈警視庁殺人分析班〉
麻見和史　虚空の糸〈警視庁殺人分析班〉
麻見和史　聖者の凶数〈警視庁殺人分析班〉
麻見和史　女神の骨格〈警視庁殺人分析班〉
麻見和史　蝶の力学〈警視庁殺人分析班〉
麻見和史　雨色の仔羊〈警視庁殺人分析班〉
麻見和史　奈落の偶像〈警視庁殺人分析班〉
麻見和史　深紅の断片〈警防課救命チーム〉
赤坂憲雄　岡本太郎という思想
有川　浩　三匹のおっさん
有川　浩　三匹のおっさん　ふたたび
有川　浩　ヒア・カムズ・ザ・サン
有川　浩　旅猫リポート

青山七恵　わたしの彼氏
青山七恵　快楽
荒崎一海　無流心月剣〈宗元寺隼人密命帖㈠〉
荒崎一海　幽霊の足〈宗元寺隼人密命帖㈡〉
荒崎一海　名花散る〈宗元寺隼人密命帖㈢〉
荒崎一海　江都落涙〈宗元寺隼人密命帖㈣〉
荒崎一海　門前仲町〈九頭竜覚山　浮世綴㈠〉
荒崎一海　蓬莱橋雨景〈九頭竜覚山　浮世綴㈡〉
荒崎一海　寺町哀感〈九頭竜覚山　浮世綴㈢〉
荒崎一海　小名木川〈九頭竜覚山　浮世綴㈣〉
浅野里沙子　花簪御探し物請負屋
朱野帰子　駅物語
朱野帰子　超聴覚者七川小春〈真実への潜入〉
東　浩紀　一般意志2・0〈ルソー、フロイト、グーグル〉
朝倉宏景　白球アフロ
朝倉宏景　野球部ひとり
朝倉宏景　つよく結べ、ポニーテール
安達瑶　奈落の花〈堕ちたエリート〉
朝井リョウ　スペードの3

朝井リョウ　世にも奇妙な君物語
足立　紳　弱虫日記
有沢ゆう希　ムサヲ 原作　恋と嘘〈映画ノベライズ〉
有沢ゆう希　末次由紀 原作　ちはやふる　上の句〈小説〉
有沢ゆう希　末次由紀 原作　ちはやふる　下の句〈小説〉
有沢ゆう希　末次由紀 原作　ちはやふる　結び〈小説〉
有沢ゆう希　ろびこ 原作　となりの怪物くん〈小説〉
有沢ゆう希　小説 パーフェクトワールド〈君といる奇跡〉
蒼井凜花　女唇の伝言
秋川滝美　幸腹な百貨店
秋川滝美　幸腹な百貨店〈デパ地下おにぎり騒動〉
東　芙美子　原作 雲田はるこ　脚本 羽原大介　小説 昭和元禄落語心中
赤神　諒　神遊の城
彩瀬まる　やがて海へと届く
五木寛之　ソフィアの秋
五木寛之　狼のブルース
五木寛之　海峡物語
五木寛之　風花のひと
五木寛之　鳥の歌(上)(下)

五木寛之　燃える秋
五木寛之　真夜中の望遠鏡〈流されゆく日々'78〉
五木寛之　ナホトカ青春航路〈流されゆく日々'79〉
五木寛之　旅の幻燈
五木寛之　他力
五木寛之　こころの天気図
五木寛之　新装版 恋歌
五木寛之　百寺巡礼 第一巻 奈良
五木寛之　百寺巡礼 第二巻 北陸
五木寛之　百寺巡礼 第三巻 京都I
五木寛之　百寺巡礼 第四巻 滋賀・東海
五木寛之　百寺巡礼 第五巻 関東・信州
五木寛之　百寺巡礼 第六巻 関西
五木寛之　百寺巡礼 第七巻 東北
五木寛之　百寺巡礼 第八巻 山陰・山陽
五木寛之　百寺巡礼 第九巻 京都II
五木寛之　百寺巡礼 第十巻 四国・九州
五木寛之　海外版 百寺巡礼 インド1
五木寛之　海外版 百寺巡礼 インド2

五木寛之　海外版 百寺巡礼 朝鮮半島
五木寛之　海外版 百寺巡礼 中国
五木寛之　海外版 百寺巡礼 ブータン
五木寛之　海外版 百寺巡礼 日本・アメリカ
五木寛之　青春の門 第七部 挑戦篇
五木寛之　青春の門 第八部 風雲篇
五木寛之　親鸞 青春篇(上)(下)
五木寛之　親鸞 激動篇(上)(下)
五木寛之　親鸞 完結篇(上)(下)
五木寛之　五木寛之の金沢さんぽ
井上ひさし　モッキンポット師の後始末
井上ひさし　ナイン
井上ひさし　四千万歩の男 全五冊
井上ひさし　四千万歩の男 忠敬の生き方
井上ひさし　ふふふ
井上ひさし　ふふふふ
井上ひさし　黄金(きん)の騎士団(上)(下)
井上ひさし　一分ノ一(上)(中)(下)
井上ひさし／司馬遼太郎　新装版 国家・宗教・日本人

池波正太郎　私の歳月
池波正太郎　よい匂いのする一夜
池波正太郎　梅安料理ごよみ
池波正太郎　わが家の夕めし
池波正太郎　新装版 緑のオリンピア
池波正太郎　新装版 殺しの四人〈仕掛人・藤枝梅安(一)〉
池波正太郎　新装版 梅安蟻地獄〈仕掛人・藤枝梅安(二)〉
池波正太郎　新装版 梅安最合傘〈仕掛人・藤枝梅安(三)〉
池波正太郎　新装版 梅安針供養〈仕掛人・藤枝梅安(四)〉
池波正太郎　新装版 梅安乱れ雲〈仕掛人・藤枝梅安(五)〉
池波正太郎　新装版 梅安影法師〈仕掛人・藤枝梅安(六)〉
池波正太郎　新装版 梅安冬時雨〈仕掛人・藤枝梅安(七)〉
池波正太郎　新装版 忍びの女(上)(下)
池波正太郎　新装版 殺しの掟
池波正太郎　新装版 抜討ち半九郎
池波正太郎　新装版 娼婦の眼
池波正太郎　近藤勇白書(上)(下)〈レジェンド歴史時代小説〉
井上 靖　楊貴妃伝
石牟礼道子　新装版 苦海浄土(くがいじょうど)〈わが水俣病〉

講談社文庫　目録

今西祐行　肥後の石工
いわさきちひろ　ちひろのことば
松本　猛　いわさきちひろの絵と心
いわさきちひろ／絵本美術館編　ちひろ・子どもの情景〈文庫ギャラリー〉
いわさきちひろ／絵本美術館編　ちひろ・紫のメッセージ〈文庫ギャラリー〉
いわさきちひろ／絵本美術館編　ちひろの花ことば〈文庫ギャラリー〉
いわさきちひろ／絵本美術館編　ちひろのアンデルセン〈文庫ギャラリー〉
いわさきちひろ／絵本美術館編　ちひろ・平和への願い〈文庫ギャラリー〉
石野径一郎　新装版 ひめゆりの塔
今西錦司　生物の世界
井沢元彦　義経幻殺録
井沢元彦　光と影の武蔵〈切支丹秘録〉
井沢元彦　新装版 猿丸幻視行
一ノ瀬泰造　地雷を踏んだらサヨウナラ
泉　麻人　大東京23区散歩
伊井直行　ポケットの中のレワニワ
伊集院　静　乳房
伊集院　静　遠い昨日
伊集院　静　夢は枯野を〈競輪躁鬱旅行〉
伊集院　静　野球で学んだこと ヒデキ君に教わったこと
伊集院　静　峠の声
伊集院　静　白秋
伊集院　静　潮流
伊集院　静　機関車先生
伊集院　静　冬の蜻蛉（とんぼ）
伊集院　静　オルゴール
伊集院　静　昨日スケッチ
伊集院　静　アフリカの王(上)(下)〈『アフリカの絵本』改題〉
伊集院　静　あづま橋
伊集院　静　ぼくのボールが君に届けば
伊集院　静　駅までの道をおしえて
伊集院　静　受け月
伊集院　静　坂の上のμ〈野球小説アンソロジー〉
伊集院　静　ねむりねこ
伊集院　静　新装版 三年坂
伊集院　静　お父やんとオジさん(上)(下)
伊集院　静　ノボさん(上)(下)〈小説 正岡子規と夏目漱石〉
いとうせいこう　存在しない小説
井上夢人　おかしな二人〈岡嶋二人盛衰記〉
井上夢人　メドゥサ、鏡をごらん
井上夢人　ダレカガナカニイル…
井上夢人　プラスティック
井上夢人　オルファクトグラム(上)(下)
井上夢人　もつれっぱなし
井上夢人　あわせ鏡に飛び込んで
井上夢人　魔法使いの弟子たち(上)(下)
井上夢人　ラバー・ソウル
池宮彰一郎　高杉晋作(上)(下)〈レジェンド歴史時代小説〉
池井戸　潤　果つる底なき
池井戸　潤　架空通貨
池井戸　潤　銀行狐
池井戸　潤　仇敵
池井戸　潤　BT'63(上)(下)
池井戸　潤　空飛ぶタイヤ(上)(下)
池井戸　潤　鉄の骨
池井戸　潤　新装版 銀行総務特命
池井戸　潤　新装版 不祥事

絲山秋子 絲的サバイバル
絲山秋子 北緯14度〈セネガルでの2ヵ月〉
石黒 耀 死都日本
石黒 耀 震災列島
石黒 耀 富士覚醒
石黒 耀 忠臣蔵異聞〈家老 大野九郎兵衛の長い仇討ち〉
石井睦美 皿と紙ひこうき
犬飼六岐 筋違い半介
犬飼六岐 吉岡清三郎貸腕帳
犬飼六岐 蛻
石川大我 ボクの彼氏はどこにいる?
石松宏章 マジでガチなボランティア
伊藤比呂美 とげ抜き〈新巣鴨地蔵縁起〉
伊東 潤 疾き雲のごとく
伊東 潤 戦国鬼譚 惨
伊東 潤 虚けの舞
伊東 潤 叛鬼
伊東 潤 国を蹴った男
伊東 潤 峠越え
伊東 潤 黎明に起つ
伊東 潤 池田屋乱刃
池田清彦 すこしの努力で「できる子」をつくる
市川拓司 吸涙鬼
石飛幸三 「平穏死」のすすめ〈口から食べられなくなったらどうしますか〉
石井光太 感染宣告〈エイズウィルスに人生を変えられた人々の物語〉
磯﨑憲一郎 赤の他人の瓜二つ
池田邦彦 カレチ 車掌純情物語 1
池田邦彦 カレチ 車掌純情物語 2
池田邦彦 カレチ 車掌純情物語 3
岩明 均 文庫版 寄生獣 1
岩明 均 文庫版 寄生獣 2
岩明 均 文庫版 寄生獣 3
岩明 均 文庫版 寄生獣 4
岩明 均 文庫版 寄生獣 5
岩明 均 文庫版 寄生獣 6
岩明 均 文庫版 寄生獣 7
岩明 均 文庫版 寄生獣 8
伊藤理佐 女のはしょり道
伊藤理佐 また! 女のはしょり道
石黒正数 外天楼
石川宏千花 お面屋たまよし
石川宏千花 お面屋たまよし 彼岸ノ祭
伊与原 新 ルカの方舟
稲葉圭昭 恥さらし〈北海道警 悪徳刑事の告白〉
稲葉博一 忍者烈伝
稲葉博一 忍者烈伝ノ続
稲葉博一 忍者烈伝ノ乱〈天之巻〉〈地之巻〉
伊岡 瞬 桜の花が散る前に
石川智健 エウレカの確率〈経済学捜査員 伏見真守〉
石川智健 エウレカの確率〈よくわかる殺人経済学入門〉
石川智健 60〈誤判対策室〉
石川智健 第三者隠蔽機関
戌井昭人 ぴんぞろ
石田 千 きなりの雲
井上真偽 その可能性はすでに考えた
井上真偽 聖女の毒杯〈その可能性はすでに考えた〉
井上真偽 恋と禁忌の述語論理

2019年9月15日現在